JN243061

収容所生まれの転生幼女は、囚人達と楽しく暮らしたい

三園 七詩

Illustration

喜ノ崎ユオ

登場人物紹介
メイソン
怪我の治療が得意な元医者。
クールながらも、
ミラの体調管理には人一倍熱心。
ジョン
正義感が強く、
面倒見の良い青年。
悪徳貴族と争い、
収容所に入ることに。
ミラ
収容所で生まれた少女。
優しい性格で、囚人の皆が大好き。
前世の記憶と不思議な力を持っている。

イーサン

ミラの母、
メアリーに仕えていた執事。

ビオス

元料理人で、囚人ながら
収容所の食事係を担当。
不愛想だが腕は抜群。

ローガン

収容所の財務管理をしている囚人。
頭が良く、
看守の弱みをいくつも握っている。

ノア

ハーパーの相棒。
一見ただの小鳥だが、
とある秘密が……!?

ハーパー

希少種族のエルフ。
ひねくれたところもあるが、
心を許した人の前では素直。

プロローグ

「おい、ミラ、大人しくしてろ。じゃないと看守に見つかるぞ！」

ジョンさんの怒る声に私はへらへらっと笑う。

「大丈夫、そんなヘマしないよ！　早く行こうよジョンさん！」

早く早くとジョンさんの手を引く私。

ジョンさんは苦笑しながらも私の思うように手を引かせてくれた。

しかし、看守からこっちが見える位置に来ると、ジョンさんは私を軽々と抱きかかえる。

「ほら、ここからは駄目だ。早くここに入るんだ」

ジョンさんが後ろで引いていた、私の移動用カートを前に出した。

そこに入り込み、看守に見つからないよう静かに隠れる。これが収容所での私の日課だった。

こうやって楽に移動出来るのも、親のいない私を育ててくれたみんなのおかげなんだよね……。

一　誕生

五年前、薄暗くジメジメとした独房の中で、メアリーという一人の女性が苦しそうに唸り声を上げていた。

ここは異世界の凶悪犯が収容される、サンサギョウ収容所である。

「うっ……うう」

長い間続くうめき声にイラつき、看守が怒鳴り声を上げる。

「うるせぇぞ！　静かにしないとまた叩くぞ！」

看守はガンッと牢屋の檻を蹴りつけると、唾を吐いて他の牢屋の見回りへと向かったのだった。

◆

看守の足音が遠ざかったのと同時に、俺――ジョンは声をかける。

「メアリー、大丈夫か？」

しかしその問いに返事が戻って来る事はなかった。

そのまま、周囲に沈黙が広がる。

しばらくすると突如として牢屋に赤子の泣き声が響いた。

「お、おぎぁー！」

「な、なんだ？」

「赤子の声だと？」

俺を始めとした囚人達は牢屋の檻から身を乗り出し、顔を近づけて周囲を確認する。

「この声はメアリーの牢からか！　メアリー！　おい！　メアリー、大丈夫か？」

隣の牢にいるメアリーに、俺は何度も声をかけた。

しかし、彼女からの返事はない。

数時間前からメアリーはずっと声を殺して唸っていた。

だが、今はパタリと声が止まっており、赤子の声しか聞こえてこない。

きっとメアリーは気を失ったか……最悪息をしていない可能性もある。

「クソッ！」

俺はブルブルと首を振って嫌な考えを頭から吹き飛ばす。

メアリーはこの収容所の癒しだった。酷い環境の中、少しでもここをよくしようと言って、俺達を励まし続けてくれた。

しかも、貴族の女であるのにもかかわらずだ。

俺達のようなはぐれ者に偏見の目を向けず、対等に話してくれる貴族の女など見た事がない。

みんなメアリーの前でだけは普通の人間になれた気がしていた。

俺もその一人だった。

そんなメアリーは、数ヶ月前に体調を崩したのをきっかけに、どんどん顔色が悪くなっていった。

しかし彼女の目には生きようとする意志のようなものが宿っていたのを覚えている。

ここの不味い飯も残さず食べて、吐きそうになるのを必死で両手で押さえて飲み込んでいた。

そして、口癖のように「体力をつけなくちゃね」と呟いていた。

そうか！　いつ何が起きたのかは分からないが、メアリーは子を宿していたのか！

そういえばメアリーは、いつからか大きい服ばかり着て、お腹を隠していたように思える。

となると、あの吐き気は悪阻だったんだ。そして今、最後の力を振り絞り、メアリーは看守に見つからないように声を抑えて産んだのだ。

「看守が来る、泣くな！　泣きやんでくれ！」

赤子に言っても分からないだろうが、言わずにはいられない。

このまま泣き続けていては、すぐに看守に見つかり捨てられるか、最悪の場合殺される。

メアリーが命をかけて産んだ赤子には生きてもらわないといけない。

そう思い俺が必死で声をかけ続けると、まるで俺の言う事を理解しているかのように赤子の声がピタッとやんだ。

そして、それから少し経った後に、再びやってきた看守がメアリーの牢屋の前を通る。

俺は息を止めてその成り行きを見守った。

「ん？　おいどうした。なぜ倒れている？」

看守が様子のおかしいメアリーに気づいてしまったのか⁉

俺は慌てて看守に声をかける。

「すまん！　ちょっとこっちだ！　こっちこい！」

大声で声をかけて看守の意識をこちらに逸らした。

看守はこちらを見て叫ぶ。

「うるさいぞ！」

看守の持つ警棒を投げつけられると、それは檻に当たって地面に落ちた。

「おい！　当たってないぞ！」

煽るように馬鹿にする。

「この野郎！」

俺の思惑通り、看守はメアリーの牢屋から離れてこちらに向かってきた。

ゴソッ……

しかし何かが動く音が響き、看守がメアリーの牢屋の方を見てしまった。

「待ってろ、こいつを確認したら次はお前だ」

看守は俺に睨みをきかせると、メアリーの牢屋に入る。

「し、死んでる⁉　血が流れてるぞ⁉　しかも、ガ、ガキがいる！　こいつこんなところでガキを産みやがった」

汚い物でも見たかのように、看守は声を上げた。

「どうすんだこりゃ……おえっ、俺は掃除なんて嫌だぞ」

牢屋から出てきた看守はブルッと体を震わせて困っていた。

「それなら俺がやります！　ですから先程の行いを許していただけませんか？」

俺がそう言ってしおらしく頭を下げると、看守は思案顔をして言う。

「ちっ、しょうがないな。綺麗に掃除しておけよ、そしたら飯抜きで勘弁してやる」

「ありがとうございます！」

ここに来て初めて心からお礼を言った。

俺は牢屋から出してもらうと掃除道具を受け取った。

「じゃあ片付けたら知らせろ、俺は看守室で寝てる。もしなんかしたら分かってるな」

看守が俺に警棒を押しつけて圧をかけてきた。

「もちろんです。ここから逃げるなんて出来ませんし、抵抗はしません。終わりましたら声をかけますのでゆっくり休んでいてください」

媚びるように笑うと看守はフンッと馬鹿にしたように鼻を鳴らす。

「まぁとりあえず足枷だけはつけておく。いいな、これがついてるという事は……」

「はい、逃げ出したら足が吹き飛ぶんですよね」

俺は看守が皆まで言う前に先に答えた。

「分かっているならいい。次の巡回が来る前に終わらせておけよ」

「はい」

「あー、あとその囚人の死体は処分するから袋に詰めておけ」

「はい」

俺は倒れているメアリーを見てコクッと頷いた。

看守が離れていくのを見届けると、急いでメアリーの牢屋に入った。

足枷が重りになり、ガチャガチャと足に当たって邪魔だ！

急ぐと足に負荷がかかるが構わずに走り、メアリーに声をかける。

「メアリー！　メアリー！」

彼女は青白い顔のまま目を開かない。そっと手を触れるとその肌は冷たく、生きているとは思えなかった。

それはメアリーのあの笑顔がもう見られない事を物語っていた。

「メアリー……」

俺は悔しさを押し殺しつつ目を瞑る。

そしてそっと彼女の顔に布を被せると、その近くで目を瞑っている赤子を見つけた。

泣き声がやんだ今、この子も……

そう思っていると赤子は目を開け、俺とバッチリと目を合わせた。

生まれたばかりの赤子と目が合うなどあるのか!?

驚いて赤子を見ていると、その小さな体にはまだ臍(へそ)の緒(お)がくっついたままになっている事に気がついた。

しかし刃物などここにはない。どうしようかと思っていると足枷の鎖(くさり)が目に入る。

「このままよりましか」

俺は覚悟を決めて赤子の臍の緒に鎖を巻きつけて引きちぎった。

そしてお腹を布で押さえる。

菌(きん)が入りそうだがこんな場所では何も用意出来ない、あとは赤子の運を信じるだけだった。

「しかし泣かない子だな」

動かしたり体を拭(ふ)いたりしてやるが一向に泣かない。

目は開いているので死んでいる訳でもなさそうだ。ただじっと我慢するかのように丸まっている。

俺は一番清潔(せいけつ)そうな布を持ってきて赤子の全身に巻きつけると、そのまま抱え、サッと自分の牢屋に隠した。

「いいか、大人しくいい子にしてるんだ」

言っても無駄だが思わず声が出た。

そして赤子を隠してすぐにメアリーの牢屋に戻ると、彼女の体を丁寧に布でおおい、そっと袋に詰める。

「せめて寒くないようにな」

メアリーに声をかけて袋を縛ると、牢屋の床を綺麗に拭き始める。

そして三十分ほど経ち、あらかた綺麗になると看守の部屋へ向かった。

「すみません、終わりました」

コンコンとドアをノックして声をかけると、看守がゆっくりと部屋から出てきた。

「ふぁぁ……ん？　終わったか」

眠そうに目を擦りながら、看守は牢屋に確認に向かった。

そして囚人達のエリアに来た看守は、綺麗になった牢屋を見て頷く。

「まぁいいだろ、それで赤子は？」

看守が周りをキョロキョロと確認する。

「死んでいましたので別の小さな袋に入れました。見るも無惨な感じでしたが、確認しますか？　朝食の肉入りスープが飲めなくなりそうですよ」

そう言って説明すると、看守は顔を顰めた。

「見なくていい、じゃあ死体は安置所に運ぶぞ。ついてこい」

「はい」

俺は袋をそっと持ち上げた。

袋を担いだまま看守の後に続き死体安置所に行く。

「ここに置いておけ、そのうちに当番の奴が燃やすだろう」

「はい」

俺はそっと袋を下ろすが、メアリーの事を思い出すと、手を離す事が出来なかった。

「ほら行くぞ！」

看守はモタモタする俺をガシッと蹴る。

それにより俺はようやく手を離し、牢屋のあるエリアへと戻った。

牢屋へと戻されると足枷を外され、部屋に鍵(かぎ)をかけられる。

看守がいなくなるのを確認して赤子を隠した場所を覗(のぞ)き込(こ)んだ。

赤子はじっと目を閉じて大人しくしていたかと思うと、急にパチッ！　と瞼(まぶた)を開いた。

「大丈夫か？」

小さい声で話しかけるとじーっと俺を見つめてくる。

そして手を伸ばすとペタッと俺の頬(ほお)に触(ふ)れた。その小さな手は温かく、先程メアリーを触った時とは違い、なんというか、生命のようなものを感じた。

「うーうー」

ペチャペチャと俺を叩く赤子の手は濡れている。

なぜだろうと赤子の手を確認すると、俺の涙がその手を濡らしていた。

「俺は……メアリーが好きだったんだな」

もう会えない彼女を思い、俺は赤子を抱きしめ、声を押し殺し涙を流し続けた。

赤子はそんな俺に構う事なくペチャッと触ると濡れた手を今度は口に運ぶ。

その様子を見て、俺は思わずハッとし涙を拭った。

「お前、俺の涙を飲んでるのか」

赤子の行動を不思議に思っていると、赤子は泣きそうな顔になる。

「腹が減ってるのか？　だが悪いな、ここにはミルクなんて高価な物はないんだよ」

チューチューと自分の指を吸っている赤子に申し訳なさそうに謝ると、赤子の目に涙が溜まってきた。

「お、おい！　泣くなよ！」

慌てる俺を無視して赤子の顔はみるみると赤くなっていく。

まるで泣き出すまでのカウントダウンのようだった！

そして……

「あー！」

赤子がたまらずに泣きだしてしまった。

マズい!? さっきの看守が戻って来るぞ！

俺がそう思った瞬間、近くの牢屋にいた囚人達が一斉にわざとらしいいびきをかきだした。

「ぐぉー！」

「むにゃむにゃ！」

「ガーガー！」

その大きな音に、赤子の泣き声はかき消される。

「お前ら、うるさいぞ！」

看守が騒ぎに駆けつけてきたが、囚人達は起きる事なくいびきをかき続ける。

「なんだってこんな一斉にいびきをかくんだよ！ くそ、絶対起きてるよな！」

看守はガンガンと檻を叩くが、囚人達の声はやまない。

すると看守は諦めたようで、ポケットから耳栓を取り出し耳につけると部屋を後にした。

看守の姿が無くなるといびきが止まる。

「お前ら……助かった」

俺は周りに礼を言った。

すると、囚人達が声を上げる。

「さっきの子はメアリーさんの子だろ、俺だって守りたいんだ！」

「そうだ！ メアリーが残した子なんだろ？ みんなでここで大切に守ってやろう！」

「そうだな、どうにか隠しつつ育ててここから逃がしてやろう」

俺の言葉に囚人達は頷く。

ここにいる奴は、どいつもこいつも自分勝手に生きてきた男達だ。

そんな連中が、一つの小さな命を繋(つな)ぐために、手を取りあう事を誓(ちか)った。

メアリーの子はそんな騒ぎの中、泣き疲れたのか眠りについている。

その顔はどこかメアリーに似ていて可愛らしかった。

◆

俺は孤児(こじ)として生まれた。

しかし運良く丈夫(じょうぶ)な体を持って生まれた俺は、過酷な環境にいながらもなんとか成長する事が出来た。

俺は弱い人を助ける騎士(きし)を夢見て、働きつつも体を鍛(きた)え、勉強し続けた。

そして、いざ騎士の試験に挑む事に。

しかし、明らかに自分より能力が劣(おと)っている貴族が合格して、俺は何度も試験に落ち続けた。

理由は明らかだ、俺が孤児だからである。

主に貴族を守護する騎士は、実力だけでなく生まれも重視されるのだ。

だがそれでも諦めなかった俺は、何度目かの試験で好成績を収め、ようやく騎士になれた。

しかし俺の雇い主は口は達者だが、それ以外には何の取り柄もない貴族で、自分よりも弱い奴をいじめるクソみたいな男だった。

俺も何度、理不尽な命令をされたか分からない。

それでもようやくなれた騎士でいるために、俺はどんな事にも耐えていた。

しかしある時、雇い主の男は酒に酔って庶民の女性を襲ったのだ。

気がつくと、俺は雇い主をぶちのめしていた。

雇い主が死ぬ事はなかったが、その事件のせいで俺は捕まり、この収容所へと入れられる事になる。

ここに来てすぐの間は、俺は貴族などクソ食らえと思っていた。

だが、俺が捕まってしばらくした後、メアリーがやってきた。

事情は分からないが、よっぽどのことをしたのだろう。彼女は男ばかりいるエリアに収監された。

メアリーは女でしかも貴族という事もあり、最初は囚人の間でも浮いている存在だった。

しかし、気がつけば彼女はすっかりここに馴染んでいた。

貴族という存在自体を嫌っていた俺は最初、メアリーとは極力関わらないでいた。

だが仲間の囚人の一人が機嫌の悪い看守に目をつけられて、理不尽な暴力を受けていた時の事だ。

他の囚人達が無視を決め込む中、俺は我慢出来ずに看守を止めに入った。

騒ぎになり、俺が看守に目をつけられる中、メアリーも俺と同じように看守に歯向かったのだ。

その後、俺とメアリーは懲罰房に入れられる事になり、その時初めて彼女と話す事になった。

「あなたが殴られそうになっている方を庇っているのを見てました。あなたは正義感のある優しい人ですね」

穏やかな口調でそう言ったメアリー。

その言葉だけで彼女が俺のイメージする貴族とは違うのだと分かった。

そして自分が純粋に騎士を目指していた時の事を思い出し、フッと笑った。

「俺は……ジョンだ」

「私はメアリーです」

それが俺とメアリーの初めての出会いだった。

◆

メアリーの子供を保護した翌日。早朝になると、いつも通り看守が牢屋の鍵を開けにやってきた。

牢屋から出された俺を始めとする囚人達は、まず食堂に向かった。

ここでの飯は囚人達が持ち回りで作るのだ。

というか、飯に限らず掃除から洗濯、身の回りの事のほとんどを看守の手を煩わせないように囚人達が自分達で担当するルールになっている。

とはいえ食事事情に関しては厳しく、与えられる食材ではろくな物は作れないため、いつも同じような安っぽいメニューばかり食べているがな。

一応収容所の裏には畑があり、そこで作物を育てているのだが、日当たりが悪く大した物は育たない。

そのせいで畑を気にかける囚人も少なく、仕事が休みの奴がたまに世話をする程度だった。

そんな事を思いつつ、食堂についた俺は、当番から食事を受け取り、席に座った。

まず食事をしてその後に、各々が部ごとの仕事に向かうという流れだ。

ここでの仕事は大きく分けて三つの部に分かれて行われている。

まずは収容所の裏にある鉱山で採石を行う採掘部だ。俺もここに所属している。

ここで採れる鉱石は、この収容所の収入源の一つになっている。

採掘で高価な金や魔石が出ると看守の羽振りが良くなり、たまに俺達にボーナスが出る事もあるのだ。

ただボーナスといっても、もらえるものは金ではなく食い物や娯楽品である。

続いての部は洋裁部、体力に自信のない奴や手先が器用な奴、あとは女達がここでの仕事につく。

看守達の服や収容所で使っている布の修理をしたり、刺繍のついたハンカチなんかを作ったりするのだ。

出来の良いものは看守が物で買い取り、どこかに横流しして金に換えているらしい。

そして最後の一つが書簡部、ここは看守達に関する書類の整理や、看守の給料などの会計管理をするところだ。

ここにはかなり頭が良くないと入れない。

字が完璧に書ける事と複雑な計算が出来る事が絶対条件で、外の世界にもそんな奴はそうそういないのだ。

だが、そのかわりここで働く事が出来れば、この収容所ではかなりの高待遇を受けられる。

看守達に帳簿の裏工作や、給料の水増しを依頼され、その対価を得られるからだ。

なので人によってはその際に看守達の秘密をつかみ、看守よりも偉そうにしている奴もいる。

今、俺の隣に座ってきたローガンも、その書簡部にいる人間の一人だ。

「メアリーが死んだというのは本当ですか？」

いつもならよく人を見下すこいつに食ってかかる事もあるのだが、今はそんな元気もないため、力なく頷いた。

「昨夜、息を引き取った」

そう呟くと「そうですか……」という力ない返事と共に、ローガンは肩を落とした。

やはりメアリーは色んな囚人達に好かれていたのだと改めて思い知らされた。

悲しそうな顔をしているローガンを横目に、俺は出された食事のうち、パンなどの持ち運びが出来そうなものをこっそりと隠し持っていた袋に入れる。

すると、俺の行動の意図が分からないようで、ローガンは眉間に皺を寄せた。

「何してるんですか？　部屋に持ち帰って食べる気ですか？」

そう言われ、俺はとある事を思いついた。

書簡部にいて権力を持っているこいつに、メアリーの子供の事を相談するのはどうだろうか。

こいつはいけ好かない奴だが、この収容所内で権力は持っている。その協力を得られたら……

少し考え、俺は口を開く。

「これは俺が食うんじゃない。実はな、メアリーだが、子を身ごもっていた」

「何⁉　誰の子ですか⁉」

大声を出して立ち上がったローガンを睨むと急いで座らせる。

「静かにしろ！」

「す、すみません……」

珍しく謝り、ローガンは椅子に座り直した。

俺は続ける。

「誰の子か分からんが、とりあえずメアリーが子を産んだのは確かだ」

「まさか、それが原因で死んだんですか？」

「それだけが原因ではないと思うが、要因の一つにはなっているだろう」

「なんて事だ……だから書簡部に来ないかと何度も誘ったんだ。あそこなら酷い仕打ちはそうは受けないのに」

ローガンが悔しそうに声を漏らすが、俺は答える。

「メアリーは裁縫が好きだったんだ。彼女が洋裁部を気に入っていたのは、お前だって知ってるだろ」

そう言って、俺はポケットにあるメアリーからもらったハンカチを掴む。

彼女は仲良くなったり親切にしてくれたりした囚人達に、「これくらいしかお礼が出来ないから」と言い、よくそいつのイニシャルつきのハンカチを渡していた。

どこで布を仕入れたのかは知らないが、そのハンカチはとても上質な生地でいい香りがした。

囚人達はそれを肌身離さず汚さないように持っていたものだ。もちろん俺も肌身離さず持っている。

ローガンも同じようで胸ポケットに手を置いてメアリーの事を思い出しているようだった。

その後、ローガンは言う。

「……いくら裁縫が好きでも、死んでしまったらそれで終わりですよ」

俺はローガンの言葉を聞き、その顔をジッと見つめた。

すると、奴は言う。

「……何か言いたそうですね」

「終わりじゃないって言ったらどうする？」

俺の言葉にローガンは訝しげな顔をした。

「どういう事ですか？」

ローガンは詳しく話せと言わんばかりに俺を睨みつけ、顔を近付けてきた。

周りに聞こえないように注意を払い、話をきり出す。

メアリーが子を産んでその子がまだ俺の部屋で生きている事、どうにかメアリーの子を育ててここから出してやりたい事、そのために協力して欲しい事を伝えた。

俺は話し終えるとローガンの様子を窺った。こいつの気分次第では赤子の存在が看守にバレるかもしれないのだ。

俺は覚悟を決めて拳を握りしめ力を込める。

もし俺の考えに反対する素振りがあれば、こいつを殴ってでも口止めしなければ……

「まずはその赤子に会わせてください。それからどうするか考えます」

ローガンの答えは慎重だった。

しかしすぐにバラすような事をしないところをみると、迷っているように感じる。

「分かった」

俺は頷き、ローガンを赤子に会わせる事を了承した。

「あとであなたの牢屋に向かいます。今日は適当な理由でもつけて仕事は休んでください」

ローガンの言葉に俺は力が抜けコクリと頷いた。

手のひらを見るとそこには汗が滲(にじ)んでいた。


ローガンとの話を終えた俺は看守に、体調が悪いので牢屋で待機したいと話し、そっと看守のポケットに金を差し込む。

ここでは直接金を使う事はないが、看守は金を渡せばある程度融通(ゆうずう)を利(き)かせてくれる。

そのため囚人達は色々とグレーな手段を使って、こういう時のために現金を手に入れていた。

看守はポケットの中を軽く見ると、ニヤッと笑った。

「分かった、だが一晩で必ず治せよ」

そう言った看守に連れられ、牢屋へと戻っていった。

すると、その直後にローガンがやって来る。

「こんにちは」

ローガンはそう言って、俺を連れてきた看守に声をかける。

看守はローガンが来た事に驚いていたが、何やら言葉を二つ三つ交わすと俺の牢屋の鍵を開け、笑顔で持ち場を離れて行った。

「何を言ったんだ?」

訝しげにローガンを見つめる。

「一時間ほどここを自由に使わせて欲しいとお願いしただけです。帳簿に書かれたあなたの給料を水増ししてやると言えば、楽勝です」

ニヤリと笑うローガン。

その様子を見て、俺は答える。

「やはり書簡部にいる奴は違うな……だが他の看守にバレないのか？」

「あんな馬鹿共に帳簿の細かい見方なんて分かりませんからね。それにもし給料が水増しされている事に他の奴が気づいたとしても、私は証拠を残していない。それなら、罰せられるのは看守本人です」

悪人のように笑うローガンの姿は絵になっていた。

まぁこいつも囚人だから悪人なのだろう。

すると、ローガンは思い出したように言う。

「それより赤子はどこですか？　泣き声の一つも聞こえませんよ、死んでいる……なんて事はありませんよね？」

ローガンは俺の牢屋の中を見回した後で睨んでくる。

「だ、大丈夫だ、朝はまだ生きていた」

その言葉に急に不安になると牢屋の奥へと急いだ。

赤子は俺のベッドの影に作っておいた、布製の簡易ベッドの上に寝かせている。

そこを覗いて、俺は思わず叫ぶ。

「あ！」

赤子が力なくぐったりとしていた。

「お、おい！」

急いで抱きかかえるとローガンに見せた。

「貸しなさい！」

ローガンは赤子を奪い取るとベッドに横たえてじっくりと観察する。

「これは……臍の緒もついたままだし、こんな劣悪な環境に赤子をなぜ放置したままにした⁉　産まれてからこの子に何か与えたのか！」

「食べ物がないからこれをやろうと」

先程の飯を取り出すとローガンの顔が怒りに染まった。

「そんなもの赤子が食べられるか！」

ローガンは俺の手を叩いて飯を地面に叩き落とした。

そして赤子を布で包むと抱きかかえて走り出す。

俺は急いでその背中を追いかけながら尋ねる。

「おい！　どこへ行くんだ⁉」

「私の牢屋だ！　ここからなら看守のいる場所を通らずに行ける！　それよりお前は二棟のメイソ

ンと四棟のハーパーを呼んで来い！　私の名前を出せばすぐ来るはずだ！」

早口でまくし立てるローガン。

「な、なんでそいつらを呼ぶんだ？　赤子は大丈夫なのか？」

俺は質問をするが答えは返ってこなかった。

「この子が死んでもいいのか！　早く行け！」

ローガンの必死な様子を見て赤子が死ぬのかもしれないと思った俺は、小間使いでもなんでもしてやると思い、隣の二棟に走った。

棟を移動するたびに、そこを管理している看守に金を渡す。

いつもなら交渉して少しでも安く通してもらうが今は構ってはいられない。今まで貯めた金を半分使い二棟に入った。

「メイソンはいるか！」

二棟の共有スペースで大声を上げると一人の男が軽く手を挙げた。

「私だが？」

立ち上がったその人はスラッと高身長で白衣のような服を着ていた。

「ローガンが至急来て欲しいと言っている！　お願いだ、ついて来てくれ！」

「ローガンが私に用……ならそっちの頼みって事だな」

メイソンは立ち上がると床に置いていた大きな手提げカバンを手に取り俺のそばに来た。

「そっちの頼みってなんなんだ？」

俺はそう言いながら、メイソンに目を向ける。

「私はここに来る前は医者をしていたんだ。ローガンが私を呼ぶ時は怪我人（けがにん）の治療（ちりょう）を頼む時だからな」

メイソンはそう言うと口の端（はし）をクイッと上げる。

「今回はどんな怪我かな」

クックックと楽しそうに笑った。

大丈夫か、こいつ？

不安になりながらもメイソンをローガンの牢屋に向かわせ、今度は四棟を目指す。

貯めていた金の残りを全部使って四棟に入れてもらい、今度はハーパーを探した。

「ハーパー、ハーパーはどこだ！　ローガンが呼んでいるぞ」

俺は声をかけながら四棟を走った。

「ローガン？」

声が聞こえた牢屋へと向かうと、十五歳くらいの少年がムクッとベッドから起き上がった。

「お前がハーパーか？」

「そうだよ」

ハーパーは大あくびをすると目をゴシゴシとこすった。

「で、用はなぁに？」

その姿は小さな子供のようにしか見えず固まってしまう。

「ねぇ、用があるんじゃないの？」

ハーパーが不機嫌そうに声をかけてきて俺は慌ててローガンの事を話した。

「す、すまん。ローガンが至急来て欲しいと言っている。実は体調がよくない奴がいて……」

赤子の事を言う訳にもいかずに言葉を濁す。

「ふーん、なら栄養を取らせたいって事かな？　まぁいいや、ノア行くよ」

ハーパーは誰かに向かって声をかけると、どこからか小鳥がパタパタと飛んできて、ハーパーの肩に止まった。

「ほら、早く行くんでしょ」

ハーパーの言葉に再びハッとすると急いでローガンの元に走り出した。

しかしその途中、ハーパーの事が気になり、チラ見する。

結構な速度で移動しているつもりだが余裕な様子だ。

小鳥もハーパーの肩に止まったまま動く事なくついて来ていた。

「お前いくつだ？」

思わず歳を聞いてしまう。

「それ聞いてどうするの？」

「いや、子供がこんな所に入ってるなんて知らなくてな」

「はぁーヤダヤダ。これだからすぐ見た目で判断する奴は」

ハーパーはため息をつきながら呆れている。

「子供じゃないって事か？」

しかしどう見ても子供にしか見えない。

「こう見えても成人してるからね、僕」

「えっ！」

俺は思わず驚いて立ち止まった。

「あぶなっ！」

ハーパーが俺の背中にぶつかりそうになる。

「その容姿で成人だと⁉」

「まぁね」

ハーパーは不機嫌になるとそれっきり口を閉ざしてしまった。

それでもついてくるハーパーと走り続け、ローガンの牢屋に着く。

すると、目の前にある光景を見て目を疑った。

そこは自分の牢屋とはまるで違い、普通の部屋のように見えた。

俺はローガンに尋ねる。

「ここがお前の牢屋なのか？」

「ええ、ちゃんと皆さんと同じ牢屋ですよ」

確かに出入りする扉は俺達と同じで檻になっている。

しかし床は綺麗に木製の板が敷かれていて、小綺麗な印象だ。広さもかなりある。

牢屋の奥には本格的なベッドもあり、そこで赤子が横になっていた。

さらに出入りする檻の前にはカーテンのようなものがあり、中を隠せるようになっていた。

「それよりも、この赤子の処理をお願いします」

ローガンが切り替えるように言うと、既に部屋にいたメイソンが答える。

「なぜ、赤子がここにいるかは気になるが、とりあえずはいいだろう」

そう言って、メイソンはカバンから刃物を取り出した。

「何してる！」

俺はそう叫び、メイソンを止めようと駆け寄った。

「やめなさい！」

するとローガンに止められてしまう。

「離せ！　あいつ赤子を切り刻む気だ！」

暴れているとバシッ！　と頬を思いっきりはたかれた。

「落ち着きなさい！　メイソンは今お前が雑に切った臍の緒の処置をしてくれているのです。あのままでは雑菌が入り赤子は数日と持ちません」

「えっ？」

よく見るとメイソンは赤子のお腹に薬のようなものを塗って布を巻いていた。

それを見て、少し頭が落ち着いたのと同時に、今度はハーパーがローガンを見て言う。

「赤子の元に僕が呼ばれたって事はミルクでも用意すればいいのかな？」

「お願いいたします。早く栄養価の高い物を飲ませないといけません。生まれてから何も口にしていないそうなのです」

「そうなんだ。ならラクダあたりのミルクでも飲ませてみるかな」

そう言うとハーパーは肩に乗った小鳥のノアを見つめて声をかけた。

「ノア、ラクダの雌になって乳を搾らせて。殺菌もよろしく」

ノアは頷くとその姿を変えていき、小ぶりのラクダになった。

俺は驚愕しつつ口を開く。

「その小鳥……魔獣か？」

そう言って、小鳥からラクダに変わった謎の生物を凝視した。

「魔獣って一くくりにしないで欲しいな。ノアはノアだよ。僕の唯一の友達」

ハーパーはラクダのノアを愛おしそうに優しく撫でた。

「なんだってそんな奴がこんな所に入ってるんだよ」

ハーパーは俺の問いには答えずノアを撫でている。

「ほら、それよりもあんた、手が空いているなら乳搾りをやってよ！」

ハーパーの言葉を聞き、俺は恐る恐るノアに近づく。

「あの子にミルクやるんでしょ？　早く搾ってあげなよ」

「そうだった。ありがとう、感謝する」

赤子に何かやれるならこの際なんでもいい、そう思い、俺は周囲を見て乳を受け止めるコップを探した。

すると、ローガンが哺乳瓶を差し出してくる。

「お、お前それ、どうしたんだ？」

俺はローガンの姿に目を見開いた。

「看守に特殊な趣味をお持ちの方がいましてね、ちょっとお借りしてきました。声をかけたら快く貸してくださいましたよ」

ニコッと笑い、当たり前のように答えた。

「ああ、ちゃんと洗って熱湯で消毒しましたからご安心ください」

俺は動揺しつつも、ふたのはずれた哺乳瓶を受け取る。

そしてノアにお礼を言ってミルクを搾らせてもらった。

それと同時に、メイソンも処置が無事終わったようで刃物をしまった。

その様子を見てホッとする。

「どうやら雑菌は体内に入っていなかったようだな。運がいい子だ」

メイソンがそう言って、少し傷の残る赤子の臍をそっとさする。

その姿は先程の狂気めいた姿とは反対に優しく見えた。

パシッ……

すると赤子の小さな手が撫でていたメイソンの指を掴んだ。しかしどこか弱々しく見える。

メイソンは赤子の小さな手をそっと離すと俺の方を見た。

「早くそれを飲ませてやれ」

「そうですね」

そう言ったローガンに、俺は哺乳瓶を渡す。

ローガンは哺乳瓶にふたをすると、赤子を抱き椅子に座った。

その後、哺乳瓶の先を口に近づける。赤子は力がないのか口が半分ほどしか開かない。

「ほら、頑張ってください」

ローガンが優しく声をかけると赤子の目がうっすらと開いた。

「そうです、あなたはまだ死んではいけませんよ」

ローガンの言葉に答えるように赤子は口を開くと哺乳瓶の先を咥(くわ)える。

「よく出来ました」

ローガンが満足そうに微笑むと赤子はゆっくりと少しずつミルクを飲んでいった。

少し飲むともういらないのか舌を使ってべぇと哺乳瓶の先を吐き出した。

そして、すぐに目を閉じる。

「どうやら満足したようですね」

ローガンがスヤスヤと眠る赤子の様子にホッとしている。

「ちょっと貸してみろ」

メイソンが赤子を渡せと手を出すと、ローガンはまだ首のすわっていない赤子を大切に渡した。

「いいか？　ミルクを飲んだら必ずゲップをさせないといけない。じゃないとミルクを吐き出して喉に詰まってしまう事があるからな」

そう言うと赤子を自分の肩に寄りかからせて優しく背中をさする。

すると程なくしてケップ！　と可愛らしい音が赤子の口から飛び出した。

「あと、ミルクは三時間置きにやる事。今日は緊急事態で栄養価の高いラクダのミルクをあげたが、次からは別のミルクで大丈夫だ。あまり栄養価が高すぎると腹を壊すかもしれん」

「なら牛とか羊でいいかな」

ハーパーが聞くとメイソンが「それでいい」と言って頷く。

しかし、問題はそれだけではないと思い、俺は言う。

「俺は明日以降、朝から採掘場で仕事なんだ。そんなにつきっきりではいられないぞ。明日からどうしたらいい⁉」

　すると、ローガンは口を開く。

「では面倒を見るのは当番制にしましょう。当番の方はお休みをとって一日赤子につき添います。それに休みに関しては、私の方からも看守に手を回します」

「分かった。赤子の様子は俺も気になるからな」

　メイソンはすぐに承諾して頷いたが、ハーパーはどこか不満そうだった。

「その当番って僕も入ってるの？　僕はミルクを用意してるんだけど」

「この子はメアリーの子ですよ」

　ローガンがそう言って赤子の頬をつつく。すると赤子が笑ったように見えた。

「はっ？　メアリー？」

　状況が分かっていないハーパーに、赤子に関する情報を伝える。

　すると、ハーパーだけでなく、メイソンも驚いた様子で話を聞いていた。

　そして話を終えた後、ハーパーはどこか寂しそうに呟く。

「メアリーが死んだっていうのは聞いてたけど……そうか……その子を産んだんだ」

　この口ぶりからするに、ハーパーもメアリーの事を知っているようだった。

　すると、ローガンは納得したように言う。

「この子の面倒を見たい方は大勢いるでしょう。他にも協力してくれる人を探します」

その言葉を聞き、俺はふと思い出した。

「ローガン、そこまでしてくれるって事は、この子を育てるのに協力してくれるんだな！」

「これもメアリーのためです」

そう言ったローガンの赤子を見つめる瞳はどこか悲しそうだった。

やはり、ローガンもメアリーとは何かあるようだ。

こうして、俺達は共同で赤子を育て始めたのだった。

◆

この日から俺達は順番に仕事を休みつつ、看守に見つからないように赤子を育てていくようになった。

それと同時に俺とローガンでメアリーの子供の面倒を一緒に見てくれる奴を探した。

その作業をしていくうちに、ここにいる囚人のほとんどがメアリーの事を知っており、その死を悲しんでいると分かった。

中には他人とほとんど関わりのない奴や、荒っぽい奴もいたが、そんな連中でさえメアリーの事を大事に思っており、自分も子供の世話をしたいと言い出した。

しかし全ての囚人を信じる事が出来なかったので、俺とローガンとメイソンとハーパーで面接を行い、それに見事合格した者だけがメアリーの子の世話をする事になった。

そうして、世話をする係が決まったところで、とある問題が発生した。

そう、赤子の名前である。

みんなが自分で名前をつけたがったせいで揉めに揉め、一向に名前が決まらなかったのだ。

そのため、各々つけたい名前を紙に書いて箱か何かに入れ、それを赤子に掴んでもらい、決める事になった。

そして今、俺を始めとする囚人達はメアリーの牢にいる。

せっかくなら赤子の名前はメアリーの牢で決めてやろうとなったためだ。

ちなみにメアリーの牢はローガンが看守に手を回したおかげで、彼女が使っていたままになっている。

牢の中の物はそのまま大切に保管して取っておき、いつか赤子に見せてあげようという事になったのだ。

さらに壁を一部ブチ抜き、隣の俺の牢からも入れるように改造している。

ここまで出来るローガンの凄さには改めて驚かされるが、それは今はいいだろう。

「じゃあどんな名前になっても恨みっこなしだぞ！　この子が選んだんだからな！」

俺はそう言って、メアリーの部屋にあった四角形の収納ボックスを手に取ると、名前の書かれた紙を中に入れる。

元々このボックスの中身は空っぽだったので、おそらく使っていなかったのだろう。

「分かった、分かった。しかしその子は私の名前を選ぶに決まってる。この子の名はダイヤだ、この美しく輝く笑顔はその名に相応しい」

メイソンが自信満々に頷くと名前の書いた紙を箱に入れた。

「まぁそれも素敵ですが、私の考えた名の方がいいと思いますよ」

ローガンが不敵に笑ったので、俺は尋ねる。

「お前の考えた名前はなんだ?」

「私はシャーロットですね。小さく可愛らしい姿にぴったりです」

「それよりも僕の方がいいと思うけどなぁ～」

ハーパーは何気なく言うと紙を折りたたんで箱に入れた。

「ハーパーはなんて書いたんだ?」

「僕はミヅキだよ。昔の聖女様の名前なんだ」

「ミヅキねぇ……あんまり聞いた事がない名前だな」

俺は聞き覚えのない名前に首を傾げる。

すると、ローガンが俺を見てきた。

「そういうあなたはどんな名前を考えたんですか?」

「俺か? 俺はイザベラだ! 強く逞しく育って欲しいと思ってつけたんだ」

「逞しくって、この子は女の子ですよ」

ローガンが呆れているが、俺は続ける。

「この子はいつか一人で生きてくんだから逞しくなってもらわないとな」

「まぁ、どんな理由でも選ぶのはこの子です」

他の囚人達も各々名前を書くと紙を折り曲げて箱に入れる。

そしてよく混ぜると箱の穴を赤子の手に近づけた。すると赤子がかなり小さい紙を一枚掴んで口に運ぼうとする。

俺は舐められる前に慌てて紙を回収する。

そして少しべたついた紙を開いた。

みんなが自分の書いた名前が呼ばれるのを祈るように待っている。

「え?」

俺はその名前を見て固まった。

「なんですか? 誰の名前になったのです」

ローガンが何も答えない俺に声をかけると紙を覗き込む。

そこにはここにいる者達以外が書いた名前の紙が入っていた。

俺は思わず呟く。

「これは、メアリーの字だ。ミラ……愛しい贈り物」

紙にはそう書かれていた。

空っぽだと思われていた箱のどこかに、こんなものが隠されていたなんて。

「メアリーはこの子の名前を考えていたのですね」

ローガンはそう言うと、俺の持っていた紙を取り、それをメイソンに渡した。

「この子にぴったりの名だ、文句はない」

そう言ったメイソンは、紙をそのままハーパーに渡す。

「うん、確かにぴったりだね。それにミラが選んだんだもん、文句なんてないよ」

ハーパーも頷くと、俺はミラを抱き上げる。

「ミラ、お前の母さんは本当に凄いな。大きくなるまで俺達が守る。だから母のような女性になれよ。そしてこんなところから俺達が絶対に出してやる！」

ミラは俺の言葉が分かっているかのようにへラッと笑い返した。

閑話(かんわ)

メアリー様にお仕えしていた私――執事(しつじ)のイーサンは、この屋敷の当主、ジェイコブ様に向かって書類を差し出す。

「本日早朝に、サンサギョウ収容所に幽閉されていた、メアリー囚人が死亡いたしました」

ジェイコブ様は軽く書類に目を通した後、そっと顔を上げる。

「わざわざ男の多いエリアに収監させたというのに……あの娘、まだ生きていたのか？」

「はい、幽閉されて八ヶ月、といったところでしょうか」

私は心の内の悲しみを悟られぬよう、顔色を変えずに返事した。

ジェイコブ様はどうでもよさそうな様子で言う。

「あの面汚しがようやくいなくなったか。まぁいい、それで他に報告は？」

「ございません。お嬢様のご遺体はどうなさいますか？」

バンッ！

ジェイコブ様は激しく机を叩くと私を睨みつけてきた。

「あの娘をお嬢様などと呼ぶな！　あいつは勘当していて、もう我が家とはなんの関係もない」

「失礼いたしました。ただ元とはいえ貴族の者という事で、遺体の受け入れも可能なようですが……」

「そんな話は私が関わる事ではない。お前の方で上手く処理しておけ」

「はい」

私は頭を下げるとすぐに部屋を出ていった。

その夜、私は深くフードを被ると、誰にも知られないようにこっそりと屋敷を出た。

シトシトと雨が降る中、一人馬を走らせる。

しばらく走ると山深い森の中に不気味な要塞（ようさい）のような建物が姿をあらわした。

ここがサンサギョウ収容所である。

建物の裏手に回るとトントンと重く黒い扉を叩いた。

程なくして扉についた小さい窓が開くと男の目だけがギョロッとこちらを覗き込んだ。

「囚人番号四十六の遺体を回収したい」

私はそれだけ言うと、金の入った袋を窓に近づける。

男は袋を受け取り中を確認するとニヤッと笑う。

「少し待て」

男は笑みを消すとガチャと小窓を閉めた。

強くなる雨の中、身動きせずにじっと待っていると、扉が開き黒い袋を放り投げられた。

「ほらよ」

目の前に投げ出された袋を、私は大事なものを扱うようにそっと抱きかかえた。

「……軽いな」

人一人の重さとは思えずに声が漏れる。

「まぁそいつは飯をあんまり食わないからか、痩せ細っていたからな。あぁ、そういやそいつは子を産んだらしいがそれはどうする？」

　思わぬ言葉を聞き、とっさに顔を上げて男を見る。

「子を産んだ……？　それは本当か？　ここに……収容所に入った時にはもう既にお腹の中に子がいたという事か？」

　食い入るように男を見つめると、面倒くさそうな顔をされた。

「そんなの知らん、ここの奴らに孕(はら)まされたのかもな」

「その子はどうしてる！」

　私は男の服を思わず掴んだ。

「何しやがる、離せ！　産まれてすぐ死んだって話だよ！」

　そう言われ、私は脱力してしまい、手を離した。

　男は続ける。

「死んだのは昨日の今日だし、死体はまだ残っているかもな。見つけたら連れてきてやってもいいぞ。ただしその時は今回の倍はもらう」

　男は袋を持ち上げるとニヤリと笑う。

　口から見える歯は真っ黒で所々抜けていた。

　男の臭い息に思わず顔を顰めて答える。

「倍だと？　今回ですらかなりの額を払ったんだ。また金を作るとしたら何年かかるか……」

「お前が引き取らなければ、その赤子の死体は他の死体と共に適当に燃やされるだろうな。なんならそっちも燃やしてやろうか？」

男は私が抱える遺体の袋に手を伸ばしてきた。

私はメアリー様を男に触れさせたくなくて、サッと袋を自分の方に引き寄せた。

「……金は絶対に用意する。もし赤子の遺体を見つけたら大切に保管しておいてくれ」

私は吐き出すようにそう言うと、キッと男を睨みつけた。

「ふーん、赤子の遺体をねぇ、気持ち悪い野郎だな。何に使うんだそんなもの」

体の上から下までじっと見つめられる。これ以上話すのは不味いかもしれない。

男の不快な視線を避けるように深くフードを被り直すと、スッと立ち上がった。

「いいから言う事を聞け、金なら用意すると言っているだろう」

怒りを押し殺して男を睨みつけた。

「はいはい、まぁ俺は金さえもらえれば文句はないよ」

そう言って、男は参ったとばかりに手を上げる。

「金は必ず用意する。時間がかかると思うが絶対にまた来るからな」

男はどうでもよさそうに軽く頷くと、扉を閉めた。

私は冷たく黒い袋に入れられたメアリー様の遺体を抱きしめると、やるせない気持ちのまま馬に乗せた。

そしてしっかりと抱き寄せて落とさないように馬を走らせた。

二　三年後

ミラが産まれてから三年が経っていた。

これまでに何度か看守に見つかりそうな時もあったが、俺――ジョンや他の囚人が全力でミラを隠し続けた。

またミラ自身が頑張ってくれた事もあり、まだその存在は看守にはバレずにいた。

ミラは牢屋で一緒にいる俺に笑顔を向ける。

「ジョンしゃん、これ食べていーい？」

「ミラ、また誰かにお菓子もらったのか？　これからご飯なんだから少しにしとけよ」

駄目とは言えず仕方なく了承する。

「うん！」

ミラは嬉しそうに返事をした。

この子は年のわりに聞き分けがよく、しっかりと説明すればどんな事でも分かってくれる。

囚人達はこの子は天才なんじゃないかとよく驚かされたものだ。

一生懸命お菓子を食べるミラを見て、成長したなと感慨深くなる。

「よく元気にここまで育ったな……よかった」

お菓子を食べて口を汚すミラに近づいてハンカチで口を拭いてやった。

「あいがと」

ミラがニコッと笑ってお礼を言う。

この笑顔が見られるならどんな辛い仕事もなんて事はない。

そう思わせてくれるような笑顔だった。

「ミーラちゃん」

ミラとの幸せな時間を過ごしていると檻の向こうから声がかかった。

このエリアにいる囚人達が仕事を終えて帰ってきたのだ。

「おかえりなしゃい！」

ミラは知った顔を見つけて駆け寄ろうとするが、短い足がバランスを崩して前に倒れ込む。

「「「あっ！」」」

声をかけた囚人達が慌てて駆け寄ってきた。

「大丈夫か！」

「ミラちゃん平気か⁉」

ミラはうんしょと手を使って一人で起き上がると、涙を溜めた目を服で擦った。

「だいじょぶ……」

泣くのを我慢してフンッと食いしばるミラ。

「危ないから走るなって言ったろ」

俺はミラの拭いきれなかった涙を拭くと、彼女の小さい膝小僧を見る。

可愛らしい膝には擦り傷があり、血が滲んでいた。

「こりゃ痛そうだな、メイソンのところに行って手当してもらうか。ついでに明日はメイソンが当番だしそのまま泊まってこい」

怪我をしたミラを抱き上げると、彼女は目を輝かせる。

「メイソンしゃん！」

「なんだその反応は。メイソンが好きなのか？」

俺が眉をひそめて聞くと、無垢な笑顔が返ってきた。

「すきー！　メイソンしゃん、やさしー」

「えー？　ミラちゃんメイソンさんが好きなの？」

外で話を聞いていた四人達がガックリと肩を落とした。

「うん！　でもみんなすきよ、みんなやさしー」

満面の笑みを四人達に向ける。

「本当か？　メイソンさんより好きかな⁉」

囚人達が期待を込めてミラを見つめ返す。

「うーん……みんなすきはだめ？」

ミラは眉毛を八の字にして困り顔を向けた。

囚人達は困った様子のミラにタジタジだった。

「そ、そんな事ないよ！　みんな好きで嬉しい！　僕達もミラちゃん大好きだよ」

「うん！」

ミラは囚人達の答えに満足そうに頷いた。

俺はいつもは不機嫌そうに仕事をしている囚人達がデレデレしている事に寒気を覚えた。

鳥肌が立つのを感じながら言う。

「何が僕達だ、気持ちわりぃな」

「うるせぇぞジョン、お前には関係ないだろが！」

一人が俺を睨むと怒鳴りつけてきた。

ミラは大きな声にビクッと体を硬直させるとみるみるうちに目に涙を溜めた。

「ふぅぅ、けんかやだぁ～」

今度は我慢出来ずに泣き出してしまう。

「馬鹿、ミラちゃんの前で汚い言葉は禁止だろ！」

みんなで大声を出した奴の頭を殴ると、そいつは頭を押さえてうずくまる。

「いてぇ……」

「あっ！」

その様子にミラは俺の腕から降りるとうずくまる男のそばによった。

「だいじょぶ、いたい？」

心配そうに男の頭を撫でるミラ。

「ミラちゃんありがとう、あっという間に痛みが治ったよ！　それより大きな声出してごめんね」

男は屈んだままミラに謝り、彼女の様子を窺っている。

「けんか、めっ！　だよ」

ミラはプクッと頬を膨らませて怒るような態度を取った。

男は破顔しながら何度も何度も頷く。

「じゃあミラ、メイソンのところに行くぞ。準備してくれ」

俺はいつまでたってもミラに構っている囚人達が面倒になり、声をかけた。

ミラは囚人達に手を振ると、自分の荷物から一枚の大きな布を取り出す。

「できた！」

ふふん！　と誇らしそうに布を頭から被る。

「よく出来たな」

ヨシヨシと頭を撫でると、ミラを布で包んで荷物と一緒に大きな手提げカバンに入れた。

ミラを移動させる時はこうやって姿を隠しているのだ。

「じゃあ行ってくるから何かあったら頼むな」

俺はミラを見送る囚人達に声をかけ、牢屋から出た。

「任せろ。ミラちゃんが見つかりそうになったら喧嘩(けんか)でもなんでもして注意を逸らしてやる」

囚人達の答えに、俺は苦笑いする。

「程々にな、あんまりやるとミラが心配するからな」

「それもそうか、それならもう少し上手くやってみる」

ミラに心配されると聞いて嬉しそうに頷いた。

そしていつも通り棟を移動し、二棟のメイソンの牢屋へと向かう。

まだ就寝の時間ではないし、牢屋の鍵は開いているだろう。

「メイソン、ちょっといいか？」

軽く檻を叩いて中に入ると、メイソンが何かを作って待っていた。

「ん、ジョンか……って事は」

メイソンの視線が大きなカバンの方へと向く。

「ミラ、もう大丈夫だぞ」

俺はそう言ってカバンを開ける。

ミラはパッとカバンから顔を出した。

「ぱぁ！」

ミラは空気を吸い込むと、キョロキョロと周りを確認している。

「ジョン、そろそろそのカバンはミラには小さいんじゃないか？　もう少しなんとかならんのか」

メイソンが顔を顰めてそう言って来た。

確かにミラも大きくなってこのカバンでは窮屈になっている。

だがここは収容所、おいそれと物品を手に入れる事は出来ないのだ。

しかしミラはそんな事はお構いなしにカバンからメイソンに手を伸ばした。

メイソンはミラをカバンから出すとそっと床に降ろしてあげる。

ミラはググッと頭を上げ、背の高いメイソンの顔を見ようとした。

「あっ！」

そしてミラは自身の頭の重さに負け、そのままコロンと後ろに倒れそうになる。

俺は慌てて手で支えて転ぶのを防いだ。

「ミラ、メイソンを見上げる時は気をつけろ、また転ぶぞ」

俺はミラを抱き上げてやると、メイソンの牢屋にある診察台に座らせた。

こいつの牢屋は簡単な医務室のようにもなっているのだ。

「またとは？」

メイソンはそう言ってミラを見ると、膝の傷に気がついた。

「大変だ、すぐに手当てを！」

メイソンが大慌てで医療道具が入ったカバンを持ってくる。

「傷を見せて！」

ミラの膝を優しく触りながら、傷の具合を確認するメイソン。

「軽い擦り傷だが、痕が残ったら大変だ。しっかりと消毒して薬を塗っておこう」

「くすり⁉」

ミラは顔を強ばらせ体を硬直させた。

メイソンは薬の準備をしながら優しく声をかける。

「どうした、ミラは薬が嫌いか？」

「くすり、いたいの」

ミラはぎゅっと体を縮こませて、敷かれたシーツを小さな手で握りしめていた。

その仕草を見て、滅多に笑わないメイソンが微笑んでいる。

「そう言うと思ってな、染みない薬を作ったよ。これならミラでも大丈夫だ」

「ほんとう？」

ミラが窺うようにメイソンを上目遣いで見上げた。

「本当だとも。私がミラに嘘ついた事あるか？」

ブンブンとミラは首を横に振ると膝をメイソンの方に向けた。

プルプルと震えながら足を上げて治療の続きをお願いする。

「おねがいします」

それでもやはり怖いのかぎゅっと目をつぶっている。

メイソンは笑いを噛み殺しながら、優しい手つきでミラの小さな足に薬を塗った。

「どうだい？」

ミラに声をかけるとパチッと目を開いた。

「いたくなーい」

驚いた顔で足を確認している。

その可愛い姿に俺は思わず微笑んでしまった。

「メイソンしゃんすごい！」

キラキラ輝くような顔で、ミラはメイソンを見つめる。

「ふふ、ミラに褒められると本当にやる気が出るな。次はもっとよく効く薬を作るからな」

よく我慢したと言わんばかりに、メイソンはミラの頭を撫でると最後に包帯を巻いて仕上げをする。

「よかったなミラ」

俺がそう言うと、メイソンが手招きしながら、部屋の隅に移動した。

嫌な予感を覚えつつ、俺はミラにここにいるようにと指示して渋々メイソンの元へ近づいた。

メイソンはミラに見せていた表情とは真逆の冷めた顔つきで俺を睨んでくる。

「なんなんだ、あの怪我は？　あの子の可愛い膝に傷痕が残りでもしたらどうする。同じようにお前のその顔に切り傷を刻んでやるぞ」

キラッとしたメスを取り出すメイソンは、冗談とは思えない顔つきをしていた。

「いや、ミラが走ったから転んじまって……俺も注意してたんだが、すまん」

俺が素直に謝ると、メイソンは仕方なさそうにメスを持ち直す。

「次ミラを傷つけたら、ミラが怪我した場所と同じ場所を切るからな」

そう言ってメイソンは、刃が鋭く磨かれたメスを俺の頬に当てた。

冷たい感触と同時に、チクッとした痛みが頬を走る。

「今回はこの程度で許してやる」

頬を触ってみると痛みがあり、うっすらと血が手についていた。

俺がゴクッと唾を呑むと、いつの間にかミラが足元に来ていて心配そうに俺達を見上げる。

「ミラもおはなししてもいい？」

様子を窺うように聞いてくる。

どうやら仲間外れにされたと思い、寂しくなってしまったようだ。

「もちろんだ」

メイソンはいつの間にかメスをしまっていて、ミラを抱き上げる。

「今日はもしかして私の部屋でお泊まりか？　明日はここでお留守番(るすばん)の日だからね」

メイソンが聞くとミラはウンウンと元気よく頷いた。

「うん！　メイソンしゃんとおるすばん」

ミラの笑顔を見たメイソンは、俺に怒っていたのが嘘のような表情で会話を続けていた。

その後、ミラは俺の方を見てくる。

「ジョンしゃんはひとりでおるすばんね――」

そこまで言った所で、ミラは俺の頬を見ながら固まった。

「じょ、じょ、ジョンしゃん……いたいー！」

そしてミラは思い切り泣き出してしまった。

どうやら、俺の怪我を見て不安になったようだ。

ミラが俺の頬に手を伸ばして来るので、慌ててミラを抱きかかえた。

「痛くないぞ、ちょっと切っただけだ」

誤魔化(ごまか)すようにそう言うと、ミラの瞳から溢(あふ)れた涙が俺の頬に当たった。

頬の辺りがポワッと温かくなる。

すると、その様子を見たメイソンが慌てて言う。

「ミラ、薬を塗ればすぐ治るぞ」

そう言って、メイソンは俺の頬を布で拭くと、そこで手が止まった。

「な、ない……」

「……何がだ、早く薬を塗るふりでもしてミラを安心させろ」

俺が小声でメイソンに言うが、奴は動こうとしない。

面倒だと思いつつ、何気なく頬を触ると、思わず声を出してしまう。

「あれ……？　傷、どこだ……」

先程触った時に感じた痛みは既に消えており、手に血もついていない。

いくら軽い傷だとはいえ、こんな一瞬のうちに治るとは思えなかった。

俺とメイソンは顔を見合わせる。

メイソンも何が起きたのか理解出来ていないようだった。

俺はメイソンに聞く。

「これはなんだ？　なんで傷が治っている？」

「……分からん。お前の頬に何かあったのか？」

そう言われて、ミラの涙が当たった事を思い出し、口を開く。

「そういえば、ミラの涙が当たって、少し温かいなと感じたが……」

「ミラの涙？」

メイソンは俺の腕に抱かれながらまだ泣いているミラを見つめていた。

そして、真剣な表情で口を開く。

「……今日の事はしばらく秘密にしていろ」

俺は分かったと頷き、ミラを泣きやませる。

そしてミラをメイソンに預けると牢屋を出ていった。

◆

ジョンが出ていくとミラは寂しそうにその背中を見送る。

なんだかんだ言いながらミラが一番懐いているのはジョンだった。

私——メイソンはそんなミラの様子を見つつ声をかけた。

「どうしたミラ、寂しいのか？」

ミラは寂しそうな顔で首を横に振ると、健気に笑った。

私がミラに手を差し出すと彼女の小さい手が伸びてくる。

その手を掴み牢屋の奥へと誘導した。

ミラは言う。

「ジョンしゃんおしごとだから、へいき。ミラ、メイソンしゃんとまってる」

ミラが寂しさを隠すようにへラッと笑う。

その表情は彼女の母のメアリーを思い出させた。

私はミラを抱き上げ髪を撫でる。

「こんなに可愛い子に我慢をさせるなんて、あの男は困ったもんだね」

私がため息をつくとミラは慌てて首を大きく振る。

「ジョンしゃんいいこだよ。ミラのこと、いいこいいこしてくれるもん」

ミラはプクッと頬を膨らませて抗議してくる。

ジョンが怒られたと思ってご機嫌ななめになってしまったようだ。

「ごめんな、ミラがジョンの事ばかり言うもんだから私が嫉妬してしまったんだよ」

「しっと?」

「ヤキモチの事だ。ジョンの方がいいのかと思って寂しくなってしまったんだよ」

私がゆっくり説明すると、ミラは少し考えた後私の首にぎゅっと抱きついた。

「メイソンしゃんごめんね、さみしくない?」

ミラは耳元ですまなそうに謝ってくる。

その優しさに、私はメアリーに会った時の事を思い出していた。

◆

私はこの収容所に入る前は医者をしていた。

医者と言っても庶民を相手するしかない、ただの町医者だ。

ある時、私の暮らす町で、古くなっていた建物が崩壊して多数の怪我人が出る騒ぎが起きた。

私はすぐに現場に駆り出され、怪我人の治療に当たっていた。

そんな時、一人の若い男が誰よりも騒ぎ散らしている様子を目の当たりにした。

その男は怪我人を治療している私を見つけると、そばに駆け寄ってきた。

そしてこともあろうに、今治療中の大怪我をしている人を押しのけて、自分の治療をしろと言ってきたのだ。

「私は貴族だ！　私の足にガラスが刺さった。今すぐ治すんだ。早くしないと汚い菌が入り死んでしまう！」

そんな事を言う男を無視して怪我人の治療を続ける。

どう見てもこちらの怪我人の方が重症だったからだ。

しかし、男はそんな私の態度が気に食わなかったようで、激昂しながら言う。

「貴様！　そんな庶民を私よりも優先するのか！　私が死んだらどうする！」

「その程度の怪我で死ぬ訳ありません。よく傷口を洗って待っててください。他の方の治療を終えたら診ますから」

私は男の主張に呆れながら顔も向けずに答えた。

すると男は文句を言いながらも去っていく。

その後は何もなく治療が終わったのだが、後日、その貴族の男は足に大げさな包帯（ほうたい）を巻き、私の病院にやってきた。

そして、私が治療を怠（おこた）ったと怒り、私を訴（うった）えると叫んですぐに病院から出ていった。

その日から、私の病院にはどんどん人が来なくなっていった。貴族の男が悪評をまき散らしていたようだったのだ。

最初は味方をしてくれる町の人もいたが、彼らも貴族を敵にしたくはないようで、気がつけば私は孤立し、ずさんな治療をするやぶ医者のレッテルを貼られていた。

そしてさらに、なぜか貴族は私に傷つけられたと主張し、私は傷害の罪で捕まる事になった。

貴族相手の傷害は重罪である。

その後は反論する暇（ひま）もなく、気づけば私はサンサギョウ収容所に入れられていた。

収容所に入ったばかりの私は他人を信じられなくなっており、医者である事を隠しながら死んだような心持ちで過ごしていた。

だがとある日、些細（ささい）な事がきっかけで囚人どうしでの喧嘩が起き、多数の怪我人が出た。

私は自業自得だと思い、そいつらを無視していた。

しかし、その怪我人達を不慣れな手つきで治療している人物がいた。

それがメアリーだった。

メアリーは倒れた怪我人達を治療しつつ、その内の一人を見ながら叫ぶ。

「この人……頭から血が……どうしよう！」

そう言われても、周囲の囚人達にどうこう出来る訳もなく、みんな右往左往していた。

しかし、囚人の一人が思い出したように口を開く。

「そういやメイソン、お前、傷の手当てうまかったよな！　なんか分からねぇか？」

その言葉で、以前この男が目の前で転び、仕方なく手当てしてやった事があったのを思い出した。

すると、メアリーは私のそばに駆け寄ってきて腕を掴み、怪我人の前に引っ張ってきた。

「お願いします。どうかこの人を診てあげてください」

「私は治療の仕方なんか知らない」

面倒だと思い、私はメアリーの手を払った。

「い、痛っ」

軽く払っただけなのにメアリーは顔を顰めて左手をおさえた。

私は咄嗟にメアリーの腕を掴んで引き寄せると、彼女の左手首が青く腫れ上がっているのを見つけた。

メアリーは私の手を振りほどき、サッと自分の腕を隠す。

気になった私は言う。

「お前……その手はどうした？」

「なんでもありません。それよりもあの方、さっきから気を失ったままなんです」

「なんでそこまであいつを気にする。恋人か何かか？」

私の言葉にメアリーはキョトンとした。

そしてゆっくりと首を横に振る。

「私はあの方を知りません」

「ならほっとけばいいだろ」

「苦しんでいる方を放っておけません。そんな事をしたら私が私ではなくなってしまう気がするから……」

その言葉を聞いた私は綺麗事だと思い、鼻で笑う。

「こいつは喧嘩をして、勝手に怪我するような馬鹿な奴だ。ここでお前がこいつを助けたとて感謝もされないぞ」

「それでもいいのです……それより、呼び止めてしまって申し訳ありませんでした」

メアリーは立ち上がるとペコッとお辞儀（じぎ）をし、また他の奴らに助けを求めだした。

その様子を見て、私は仕方ないと思いつつ、怪我した男の様子を窺う。

呼吸は正常で、頭の軽い切り傷の他に目立った外傷はなかった。

ただ頭に少しコブがあったので、頭を打って軽い脳震盪（のうしんとう）で気を失ったと判断した。

私は立ち上がり、少し離れたところにいたメアリーに言う。

「この男の怪我は浅い。呼吸は正常だからじきに目を覚ますだろう。少し横向きにして動かさず安静にさせておけ。看守に報告すれば運び出してくれるだろう」

　私はそう言うと、スッとその場を去ろうとした。

「待って！」

　するとメアリーは駆け寄ってきて私の手を掴んだ。

「まだ何かあるのか？」

　私がギロッとメアリーを睨むと、彼女は慌てて手を離した。

「いえ、どうしてもお礼を言いたくて……ありがとうございます」

「それより、お前もその手を早めに治療した方がいいぞ」

　私がメアリーの左手に視線を向けると、彼女はそっと右手で隠した。

「分かりました。でも先に治療を待っている人がいますから」

　メアリーは頭を下げると走り去った。


　後日、メアリーの手は二倍にも腫れてしまい熱も出て、結局彼女も私が診る事になった。

　そんな状況でも彼女は他人を心配しており、私はそれからメアリーに少し興味がわいた。

　自分から関わる気は無かったのだが、その後からは怪我人が出る度にメアリーが私の元を訪ねるようになった。

　そして気がつくと、私はここでまた医者まがいの事をするようになっていた。

そんな日々が数か月ほど続き、気がつけば私はメアリーと打ち解けていた。

「メアリーのせいでしたくもない仕事をする羽目になった」

その日も患者を診る事になり、隣にいたメアリーに思わず愚痴をこぼす。

するとメアリーは私の嫌味に嬉しそうに笑った。

「ふふ、でもメイソン、あの時よりずっと生き生きしてるわよ」

私はハッとして自分の顔を触った。

メアリーは続ける。

「あの時のメイソンはあそこにいた誰よりも苦しそうに見えたわ。きっとあなたは人を助けるのが好きなのね」

見透かすような彼女の瞳を見て、私は何も言えなくなってしまった。

その日の患者の具合を診て自分の牢屋へと戻ると、私の牢屋の近くに囚人達が集まっていた。

「おい！　何してるんだ！」

私が駆け寄るが、そこにいる連中には見覚えがあった。

彼らはこれまでに私が治療した囚人達だった。

囚人の一人が言う。

「メイソンさん、おかえり。あんたに治してもらった礼がしたくてね。と言っても、俺達にはこんな事しか出来ないが……」

私が牢屋を見ると、囚人達は色々と道具をかき集めて中に机とベッドを作っていた。

「少しでもメイソンさんの治療が楽になるように、部屋を改造してやろうと思ってな。それに看守から許可も取ってある。連中も怪我人が減ると自分の仕事が減るし、好きにしろって言ってたよ」

私の牢は手作りの診療所のようになっていた。

その様子を見て、目頭(めがしら)が熱くなった。

こんなところに来ても、自分はやはり医者なのだと感じた。

しかし、その気持ちを悟られたくなくて、私はぶっきらぼうに言う。

「ふ、ふん、こんなものを作って、私にまだ医者みたいな事をさせる気か」

「バレたか！」

囚人達は私の嫌味を聞き、笑いながら答える。

すると、今度はメアリーが笑顔で口を開く。

「ふふ、サプライズ成功ね。メイソン、私からはこれをあげる」

メアリーはそう言って、抱えていたカバンから衣服を取り出し、私に渡してきた。

それは、白衣のようなデザインの白いローブだった。

それを受け取り、私は思わず呟く。

「私は……」

ここまでしてもらえるほど、立派な人間ではない。

そう思いローブを返そうとする。

しかし、メアリーがそっと私の手を掴んだ。

「メイソンのおかげで左手が治ってこんな素敵な服を作れるようになったの。ここにいる人達はみんなあなたが助けたのよ」

「そうだ、メイソンさんありがとうな」

「ありがとう！　あんたが困ってたら俺はなんでもするぞ」

医者として聞きたかった言葉を、こんなところで聞く事になるとは……

私は苦笑すると仕方なさそうにローブを羽織った。

「……まぁ、私で診られる程度なら診てやる」

「メイソンさんは素直じゃないなー」

収容所に似合わない、穏やかな笑いが私を包んだ。

◆

昔の事を思い出しているとミラの小さな手が私の手をそっと包んでいた。

「もう寂しくないよ」

私が笑うとミラはほっと息をついた。

「ありがとう、ミラのおかげで寂しい気持ちがどこかにいってしまったよ。お礼に今日はなんでもお話を読んであげよう」

私の言葉にミラは顔を輝かせる。

そして私の部屋のミラ専用本棚(ほんだな)の前に行き、読んでもらう本を真剣に選んでいる。

私は彼女の真剣な横顔をずっと眺めていた。

その後、ミラが悩んで持ってきた本を受け取ると、彼女を膝に乗せて声を出して読み始める。

「メイソンしゃん、これは〝き〟〝よ〟〝う〟だよね」

ミラが文字を指さして言葉を読み上げた。

「そうだな。ミラは凄いな、もう字が読めるのか？」

驚いてミラを見ると、彼女自身も不思議そうにしている。

「なんか、よめた」

悩ましそうにする仕草が可愛くて、頭をヨシヨシと撫でて眉間によった皺を伸ばしてやる。

「ミラは本が好きでよく読むから、自然と覚えたのかもしれないな。元から頭もいいのだろう」

褒めてやると嬉しそうに頬を赤らめていた。

「文字を読めたご褒美をあげよう。何かしてみたい事はあるか？　欲しいものでもいいぞ」

ミラは少し考えると窺うように私を見つめた。

「みんなと、じゅっといっしょにいれる？」

私はハッと一瞬驚いてしまうが、すぐに笑顔を作った。

「ずっとか……そうだな。いられたらいいがそれは分からんな」

私の答えにミラはガックリと肩を落としてしまった。

「ジョンしゃんもローガンしゃんもずっとはむりっていった」

ミラの言葉に私は苦悩する。

叶うならミラとずっといたい、それはここの囚人達みんなの願いだろう。

しかしそれと同時に、ミラには外の世界で自由に生きて欲しいとも思っている。

ジョンやローガンも同じ気持ちで、ずっと一緒にいるのは無理だと言ったのだろう。

「私達はみんなお前が大好きだ。ミラは大切な私達の子だ。だからこそミラには自由に楽しく生きて欲しい。そのためにはずっとここにいる訳にはいかないんだ」

「うん……」

ミラはそう言われるのが分かっていたのか、寂しそうにコクッと頷く。

やはり聡(さと)い子だ。こんなに小さいのに自分のわがままが私達を困らせると分かっている。

だからミラは私達が本当に困るようなわがままは決して言わない。

もしミラが「ここにずっといたい」と言いだしたら……その時は自分はどうするのだろう。

そんな日が来て欲しいような欲しくないような、複雑な気持ちでミラを強く抱きしめた。

◆

三日後、俺――ジョンはメイソンのところへミラを迎えに行き、そのまま自分の牢屋へと戻ってきていた。

「これからしばらくはローガンのところでお泊まりだな、忘れ物はないか？」

俺がミラに聞くと、彼女は小さなカバンを前に出して誇らしげに見せてくる。

「おきがえもった！」

「よくやった」

いつものように褒めてやると嬉しそうに顔を綻ばせる。

そしてミラをカバンに入れて部屋を出たところで、こちらにやって来るローガンを見つけた。

「お迎えに来ましたよ」

「ローガンしゃん！」

ミラが駆け寄ろうとするのを見て、ローガンが手で制止する。

「ほら、走ったらまた転びますよ」

ミラはハッとして、いつもよりゆっくりそろそろと歩き出した。

どこかもどかしそうなミラがたまらなくなったのか、ローガンの方から近づいてくる。

「ミラはちゃんといいつけを守れるいい子ですね。そんないい子にはこれをあげましょう」

ローガンはポケットから棒のついた飴を取り出した。その飴は紫色に輝いている。

「ミラの瞳の色と同じ紫の飴です」

ローガンが差し出すとミラは嬉しそうに受け取ってお礼を言う。

「ありがとうごじゃいます！　なめてもいい？」

ローガンに許可を求めて上目遣いに見つめる。

「ええ、どうぞ」

ローガンが微笑み頷いた。

それを見て俺は思わず口を開く。

「またそうやってミラを甘やかす。飯の前に腹いっぱいになったらどうすんだよ」

「飴の一つや二つ大丈夫ですよ。どうぞミラ、食べていいんですよ」

俺の言葉を無視したローガンが優しく促すと、ミラはパクッと小さい口で飴を頬張る。

コロコロと口で飴を舐めるが、その飴はミラには大きかったのか頬が膨れていた。

「美味しいですか？」

ローガンがニコニコと笑いながら感想を聞くと、ミラは飴を口から取り出した。

「あまいの、これぶどー？」

ローガンに味を伝える。

「正解です、いい子のミラにはもう一個プレゼントです」

違う色の飴を出すと、ミラは受け取ってマジマジとローガンを見つめる。

「ローガンしゃんとおなじー」

ローガンの瞳に飴を近づけるミラ。

その飴はローガンの瞳と同じ青色をしていた。

「よく分かりましたね」

ローガンが満足そうに頷くと、ミラは自分が舐めていた飴と今もらった飴を並べる。

「ミラとローガンしゃんのあめー」

そう言って、ミラは飴を嬉しそうに俺に見せてくる。

俺は楽しそうな二人が面白くなく、ローガンを睨みつける。

「ローガン、ミラとはしゃぐなら自分の牢屋に行けよ」

「おや、それは失礼しました。ではミラは私のところに行きましょうね」

声をかけると、ミラは紫の飴を見つめていた。

そして、ローガンの様子を窺いながら尋ねる。

「これ、ジョンしゃんにあげてもいい？」

ミラのお願いに嫌と言えるはずもなく、ローガンは渋々といった様子で頷いた。

ミラはトコトコと俺のそばに来て食べかけの飴を差し出す。

ミラの好きな物を受け取れない。

そう思い断ろうとするが、ミラが言う。

「これね、ミラなの。だからこれでおしごとがんばって」

飴を見つめると、少し溶けた紫の飴がミラの瞳と同じようにキラキラと輝いていた。

ミラの気持ちが嬉しくて、飴を受け取る。

「これをミラだと思って大事に持ってるよ、ありがとうな」

そう言って俺が微笑むと、ローガンも小さく苦笑していた。

◆

ジョンの牢屋を出て、私――ローガンは第一棟の自分の牢屋に向かっていた。

ミラはいつものようにカバンに隠している。

そして私の牢屋が近づいてきたところで、一人の看守がこちらに気づいた。

「ローガン、なんだその荷物は?」

見慣れない看守だなと思いつつ、私は答える。

「ちょっと荷物を運んでいるだけです。それで何か用でしょうか? 今日私は仕事を休んでいるので、早く部屋に戻りたいのですが」

急ぐ素振りを見せると、看守はカチンときたようで顔を赤くした。

「貴様、囚人の癖に生意気なんだよ。いつも偉そうにしてるが、どっちが本当に偉いのか分かってるのか！」

看守は持っていた警棒を振り回した。

それがミラの入ったカバンに当たりそうになり、私は腕で棒を受け止めた。

「それは申し訳ありませんでした。次からは気をつけます」

私は抵抗する事なく謝ると、看守が吐き捨てるように言う。

「俺に舐めた態度とってみろ！　容赦しないからな！」

そう言って、看守は私の手を振りほどくと、カバンをガンッと棒で叩いた。

その瞬間、自身の頭の中がスーッと冷めていくのを感じる。

私は静かな口調で言う。

「すみません、あなたのお名前をお教え願えますか？」

「俺か？　俺はザルバだ。次からはザルバさんと呼べよ、様でもいいがな」

ガハハと笑うと、看守――ザルバはご機嫌な様子で巡回に戻って行った。

ザルバがいなくなった事を確認し、私はカバンを抱き上げると小さく声をかける。

「ミラ、ミラ、大丈夫ですか？」

「だいじょぶ」

ミラからはか細い返事が返ってくる。

心無し元気がないように感じた。

「すみません、今すぐ帰りますからね」

私は誰にも会わないように足早に牢屋へと戻った。


その後、牢屋に戻るなりカバンを開いてミラの無事を確認する。

「ふー」

布から顔を出したミラが一瞬顔を顰めるのを私は見逃さなかった。

「ミラ、どこが痛いのですか！」

ベッドに立たせてくまなく全身をチェックする。

ミラの細い腕に痣が出来ていた。

怒りで手がわなわなと震えながらも、なんとか痣をさする。

すると、ミラはビクッとして手を引っ込めた。

「いたっ」

「すみません！　今すぐ冷やしましょう」

私は冷やした布を用意して、痣にそっと被せた。

「ありがと～、きもちいいね～」

ミラはそう言って笑っているが、私は同じように笑う事は出来なかった。

「すみません、私がいながらミラに傷をつけるなんて」

不甲斐(ふがい)なく思いミラの痣を見つめると、ミラは心配そうな顔で言う。

「ローガンしゃんもいたいの？　だいじょぶ？」

そして、ミラは私の腕をさすって顔を覗き込んできた。

私は苦笑する。

「腕が痛いはずのミラに心配させて、私は駄目ですね」

「ローガンしゃんダメじゃないよ？　いいこいいこ」

ミラは「いいこいいこ」と言いながら頭を撫でてくれた。

「ありがとう、すっかり良くなりました。でもミラはまだ痛いでしょうからこのまま大人しくしていてください」

ミラは素直に頷くと大人しくベッドに座り直す。

その様子を見て、私は席を外した。

そして近くの牢屋にいた囚人に声をかけ、ミラが怪我をした事を伝えてメイソンを連れて来るように言う。

するとその囚人はすぐにメイソンを連れて戻って来た。

「あっ！　メイソンしゃんだ」

ミラはメイソンに気がつくと、立ち上がり嬉しそうに笑みを浮かべる。

メイソンは私の部屋にやってきて、叫ぶ。

「ミラ、また怪我したんだって⁉　大丈夫か？」

私は心配そうに近づいてくるメイソンに、ミラの腕の痣を見せた。

メイソンはその痣を見て固まると、私を睨みつけてきた。

「これはなんだ！」

私は看守との間にあった出来事を説明した。

「……迂闊でした。ミラといられると思い、浮かれていたのでしょう。私のせいです」

面目ないと思い頭を下げると、メイソンに一喝される。

「浮かれていたではすまないだろう！　ミラに何かあったらどうするつもりだ！」

メイソンに怒鳴りつけられていると、ミラが庇うように腕を広げる。

「ローガンしゃんわるくないの！」

目をうるませてじっとメイソンを見上げた。

その様子を見て、メイソンは申し訳なさそうに口を開く。

「わ、悪かった、二人を怒ってる訳じゃない。ただ、その……心配しているんだ」

「うぅぅ」

ミラはほっとしたのか、メイソンを見ながら涙を流し始めた。

「ミラ」

私が思わずミラをだっこすると、ミラが抱きついてきた。

「なっかよしっ、よかったっ、うーー！　いちゃあいぃ！」

そしてミラは大声で泣き出してしまった。

メイソンが急いで痛み止めをミラの腕に塗ると、次第に落ち着いてくる。

そして疲れたのか、私の腕の中で眠ってしまった。

ミラの赤くなった目もとをさすると、ミラと出会った日の事を思い出す。

あの日、メアリーが出来なかった事をミラにしてやろうと心に決めた。

それなのに私は何をしているんだと、自分と看守にメラメラと怒りが沸いてくる。

「……あの看守、絶対に許しません」

思わず力のこもった声を漏らすと、メイソンが尋ねてくる。

「その看守の名前を聞いたのか？」

「ええ、しっかりと。ザルバ……様と呼べなどとほざいていました。メイソン、すみませんが少しミラを見ててもらえますか？」

メイソンが頷いたので、眠っているミラを渡した。

「早くしろよ、私も仕事を抜けて来たのだからな」

「あなたなら多少いなくとも大丈夫でしょう」

メイソンは囚人達に厚く信頼されている。仕事を抜け出した事は周りが上手く誤魔化してくれるだろう。

そう思い、私は部屋を出ていった。


辿り着いたのは、自分の仕事場である書類整理室だ。

扉を開けると、中にいた同僚の囚人達が驚いた顔を見せる。

「あれ？　ローガンさんは今日はお休みでしたよね？」

「すみませんが野暮用がありまして、ザルバという看守の事が書かれた書類を探してもらえますか？」

同僚は頷くと今までやっていた仕事を止め、書類を探してくれた。

程なくしてザルバに関する書類が見つかったようで、声をかけてくる。

「ありました！」

私はそれを受け取ると中身をサッと確認する。

「ふん、小物か……」

見ればこの収容所に配属されたばかりの新人のようだった。

私は書類を睨みつけると少し思案し、口を開く。

「こいつの書類を改ざんしていただけますか？」

書類を持ってきてくれた囚人に頼むと、彼は驚いた顔をしながらも頷いてくれる。

「どんな風にします？」

「徹底的に。死にたくなる程度でお願いします」

「ローガンさんをそこまで怒らせるって、こいつ何したんすか？」

パラパラと書類を確認しながら聞いてきた。

「私のミラを叩きましてね、痣を作ったのですよ」

私の言葉に書簡部がザワついた。

「ミラちゃんを？」

「どういう事ですか？　叩いたって！」

書簡部にいたみんなが怒り心頭で私に迫ってきた。

私が事の顛末(てんまつ)を伝えると、話を聞いたみんなはわなわなと震えて拳を握りしめた。

その様子を見て、私は頭を下げる。

「私が庇っていれば……本当にすみません」

「ローガンさんが謝る事じゃありませんよ」

「あいつらは意味もなく人の事を叩く奴らだ！」

「書簡部に手を出してタダですむと思うなよ……」

「徹底的にやれ！」

みんなの声を聞きながら、同僚は書類を改ざんしていく。

そして十分ほどが経ち、私のところに書類を持ってきた囚人は口を開く。

「終わりました」

「どんな感じになりました？」

私が尋ねると、同僚達も立ち上がり、書類を覗き込んでニヤニヤと笑い出す。

「ふふ、最高じゃん。看守の中でも特にタチの悪い、フラーの金に手をつけたように見せるなんて……このザルバとかいう奴、どんな目に遭うか……」

「しかもそれだけじゃないわ、男色家（だんしょくか）で有名なジャマルの金も横流ししてるのよ。この証拠の書面……流石（さすが）だわ」

「数日もすればこいつは終わりだね。楽しみだ」

同僚達が口々にそう言い、書簡部は愉快な笑い声で包まれたのだった。

◆

どうも最近周りの様子がおかしい。俺――ザルバは内心でそう思った。

というのも、同僚が急によそよそしくなり、時には睨みつけてくるようにすらなったのだ。

まぁこんな収容所で長く働くつもりはないし、同僚と馴れ合（なあ）うつもりもないのだが、どこか嫌な感じだ。

そんな事を考えながら看守室にいると、上司のフラーが凄い形相でこちらに向かってきた。

また誰かが何かしでかしたのかと思っていると、フラーは「おいお前！」と言いながら俺の近くを睨んでいた。

身に覚えのない俺はキョロキョロと周りを確認するが、周囲に人の姿はない。

すると、フラーは俺の目の前にやってきて言う。

「何をすっとぼけている！　お前の事だよザルバ！」

「な、なんでしょうか」

ムカつく奴だがこいつは一応上司だから、邪険に扱う訳にもいかない。

しかもこいつはかなりゴツくて、殴られでもしたら最悪である。

俺が様子を窺っていると、フラーが言う。

「えらい事をしてくれたな。俺の金に手を出してタダですむと思っているのか！」

何を言っているのか、訳が分からない。

俺はこいつとは極力関わらないようにしていたのだ。

「すみませんが……人違いではないでしょうか？」

「はぁ～!?」

とぼけていると思われたのか、フラーのこめかみがピクピクと動き出す。

今にも血管がキレそうな様子で、フラーは睨みつけてきた。

「お前が俺の金に手を出した事は分かってるんだ！　この落とし前、どうつける気だ！」

首元を掴まれると、顔の近くにグイッと引き寄せられた。

体格差のせいで足が宙に浮く。

奴の臭い息が顔にかかり思わず顔を顰めてしまった。

「なんだその顔は！」

反抗的な態度と取られたのか、ぐっと首を絞められる。

息が苦しくなりバタバタと暴れる。

すると、窒息するすんでのところで手を離された。

「いいか、明日までに金を戻しておけ。そうすれば腕の一本ぐらいで許してやる。もし逃げてみろ、お前の家族の居場所は把握してるからな」

「ガ、ガゾグゥ？」

息が上手く吸えず、ゲボゲボとヨダレを垂らしながらフラーを見上げる。

「可愛い娘がいるそうだな」

その言葉の意味を理解して血の気がサーッと引く。

フラーはニヤッと笑うと、来た時と同じように足を踏み鳴らして去っていった。

俺は息を整えつつ、何とか心を落ち着けて考える。

最近みんなが避けていた理由はこれか。しかしフラーの金になんて手を出していない。一体何が起きたんだ？

そうだ、きっと何かの間違いだ！　ここの金の管理をしているのは書簡部のはず、確認に行かねば！

そう思い、俺は書簡部へ急いだのだった。


書簡部に着くと、この前出会ったローガンが迎えた。

そう言えばこいつは書簡部だった。こいつに何とかさせよう。

俺はこれまでの経緯を話して、「どうにかしろ」と命令する。

「しばしお待ちください」

ローガンは静かに頭を下げると何人かに声をかけて、何かしらの書類を確認し始めた。

その後他の奴らと話すと、渋い顔をしながら何枚かの書類を持ってくる。

「ザルバ様、ただいま確認しましたが、フラー様の持っていたお金が、あなたの口座へと移動しております。そしてその後、その金を引き出した形跡（けいせき）まで確認出来ました」

「はっ？　そ、そんな訳ない！　俺は何もしていないんだ！」

「そう言われましても……ここにある書類が証拠です」

そう言って細かな数字が無数に書かれた紙を何枚も見せられる。

「こんなの見ても分かるか！」

バンッと手で払うと、書類が宙を舞った。

その様子を囚人達は無言でじっと見つめている。

「とにかくどうにかしろ！　何をしてもいいからフラーに金を返せ、早く、今すぐしろ！」

周りの事など構わずに叫ぶと、ローガンは蔑むような表情で見てくる。

「それは出来ません。今あなたの口座にある金では、とてもフラー様の損失の補填には足りませんから」

「な、何を言っている⁉　帳簿をいじれるお前らなら、金の工面なんてどうとでも出来るだろ！」

「帳簿の管理は仕事としてやっておりますから、不正に改ざんするなんて出来ません。それにもしそんな事を私にさせれば、あなたも我々と同じように捕まりますよ」

ローガンは蔑んだような瞳を向けてくる。その口元は微かに笑っていた。

俺は思わず叫ぶ。

「だ、だって他の奴らの帳簿をいじっているだろ！　知ってるんだぞ」

「そんな事はしていません。ただ相応の心遣いをいただいた方の帳簿の数字を、たまたま間違えてしまう事はあるかもしれませんがね」

「な、なら俺も金を払う！　だからやれ」

俺の言葉に、ローガンは笑みを浮かべる。

「申し訳ありませんが、いくらお金を払われても、あなたの数字を間違える事はないかと」

「なんでだ！」

「ザルバ様は看守の中でも敵を作りすぎております。そんなあなたにわざわざ協力するうま味がないという事ですね。それにフラー様はいつも我々に心遣いをしてくださいますし……」

ローガンは綺麗な眉を下げて困ったような顔をしながら、地面に落ちた書類を拾った。

そして、俺の耳元に顔を寄せる。

「読み書きが出来れば、あなたもこっそりと帳簿をいじる事が出来るかもしれませんよ。ほら、この書類をお持ちください。よく読めば分かる事ですから、あとはご自分でどうぞ」

そう言って、含みのある笑みを浮かべ、書類を俺の目の前に置いた。

俺が思わず地面に膝をつくと、ローガンは言う。

「では我々は仕事がありますので失礼します。皆さん、ザルバ様はお帰りです。外までお送りしてください」

「はい！」

四人達は立ち上がると呆然(ぼうぜん)と座り込む俺の両脇(りょうわき)を抱えた。

そして、扉の外に放り投げると書類を上から落としてくる。

「ここにいると邪魔だ。そんなとこで座り込んでる暇があるなら、この書類を必死に読めよ」

四人の一人がボソッと呟くと同時に、バタンと激しく扉が閉められた。

そして鍵をかけるガチャッという音が響く。

俺はいまだ呆然としながらフラフラと立ち上がると書類を集めて歩き出した。

なんか……ローガンはいい匂いだったなぁ……フラーなんか看守の癖に臭いとかどういう事だ？

看守が囚人に負けるのか……

脳内がパニックになった俺は、現実逃避しながら看守室に戻った。

すると、先輩看守のジャマルさんから声をかけられる。

「ザルバ、大丈夫か？」

「ジャマルさん……」

ジャマルさんは心配そうに俺の顔を覗き込んでいた。

この人はいつも優しく頼りになる先輩で、人付き合いの少ない俺でも信用している。

「それが、なんか変で……」

そう呟くと、ジャマルさんが肩を組んできて耳元で話し出した。

「それよりちょっと話があるんだが、俺の金がお前のところに移動しているらしいんだけど、何か知っているか？」

「ジャマルさんのまで？」

俺は頭を抱え座り込んだ。

「何があった？」

優しく尋ねられ、俺は事情を説明する。

そして最後まで話し終えた後、ジャマルさんは口を開く。

「……なるほど、気がつくと金を盗んでいたという訳か」

「盗んでません！　なぜかそういう事になっているだけなんです！」

「そう言われてもな、そんな事信じられると思うか？　お前が逆の立場だったらどう思うよ」

「それは、信じられないかも……でも、本当なんです！」

縋るようにジャマルさんにしがみつくと、彼は俺の肩に優しく手を置いた。

「俺の金はまぁ待ってやる。だがフラーのは早く返した方がいいぞ、あいつは何をするか分からんからな」

「でも、どうやれば……そんな金どこにも……」

ジャマルさんは顎に手を当てて思案していると、いい考えが思いついたと言わんばかりに俺に顔を向けた。

「俺に考えがあるが、手を貸してやろうか？」

「本当ですか!?」

「ああ。その代わり、俺の頼みも聞いてくれるか？」

「もちろんです！　何でもします！」

俺はやっと見えた希望に目を輝かせた。

ジャマルさんは言う。

「じゃあとりあえず仕事は少し休め。フラーに目をつけられてたら出来る事も出来んからな」

「はい、分かりました！　これから休みをもらってきます！」

「休みが取れたら俺の個室に来てくれ。そこで俺の考えを説明する。あっ、それとこれは一番重要なんだが……」

ジャマルさんは真面目な顔をすると顔を近づけてきた。

俺は耳をすませる。

「いいか、俺の部屋に来るところは誰にも見られるな、もちろん他人に言うのもなしだ。知られると不味いからな」

「はい」

「家族にも怪しまれないよう誤魔化して言付けでもしとけよ。しばらくは帰れないからな」

ジャマルさんの考えは分からないが、この人に任せておけば大丈夫だろう。

俺は笑顔で頷いて、休みを取りに行ったのだった。

◆

ミラに傷が出来てから数日後、俺――ジョンはメイソンと共にローガンのもとへやってきていた。

ミラが怪我をしたと聞いてからは、毎日ローガンのもとへ様子を見に来ているのだ。

メイソンはミラの怪我を見ながら言う。

「うん、痣は大分薄くなったな。痛くはないか?」

ミラの腕を優しくさすると、メイソンは心配そうにミラを窺う。

「うん、だいじょぶ」

ミラがコクンと頷いた。

その様子を見て、俺はメイソンに尋ねる。

「よかった。このままいけば痕は残らないよな?」

「大丈夫だろう。念のため、この薬をこれからも塗ってやるんだ」

そう言って薬を俺に渡してきた。

俺はそれを受け取り、呟く。

「しかし、ミラが怪我をした時、その場にいたのがローガンで良かったかもしれん。俺なら看守をぶん殴っていたかもしれないからな」

「そうだな、私もミラを傷つけた相手を切り刻まない自信はない」

メイソンも同意するように頷いた。

その後、俺はローガンを見つめる。

「それでミラに怪我をさせたそのザ……何とかって看守はどうなったんだ?」

「少し前に書簡部に来て騒いでいましたが、全て無視しました。その後はさっぱりと姿を見せていないそうですよ」

「そうなのか」

「ミラに手を出したから、天罰がくだったんだろう」

メイソンが愉快そうに笑うと、ローガンは呟く。

「そうですね。天罰か、人為的なのか分かりませんが」

「それどういう意味だ？」

俺は意味深な言葉に首を傾げるが、ローガンは肩をすくめるだけだった。

そのまま軽く雑談を続けたところで、メイソンが思い出したように言う。

「そうだ。ジョン、お前に一つ言っておく事がある」

急に真剣な顔をしたメイソンを見て、俺は気を引き締める。

そして二人でミラから少し離れたところに移動した。

「それで、言っておく事とはなんだ？」

「以前、お前の頬の傷が治った時の事は覚えているか？」

「ああ、不思議だったな。それがどうした」

「あれはな、ミラが治したんだ」

「ミラが？　どういう事だ？」

突如としてミラの名前が出て来て、俺は首を傾げた。

メイソンはどこか慎重そうな様子で口を開く。

「ミラの涙には人を癒す力がある」

「は？」

何を言っているのかと思いメイソンを見るが、冗談を言っているようには見えなかった。

メイソンは続ける。

「少し前、ミラを私の部屋で預かっている間に、大怪我した囚人が運ばれてきたんだが、その件について知っているか？」

「ああ、だが、大事にはいたらなかったらしいな。お前が治療したんだろ」

「あれはミラが治したんだ。本当なら助からないほどの怪我だった」

「は……？　何を言っている？」

「私の部屋に怪我人が運ばれて来ると、心配したミラが泣き出したんだ。そしてその涙が怪我に触れると、その怪我はみるみる治っていった」

いきなりとんでもない事を言われたが、俺の頬の傷も、ミラの涙が触れた後に治った事を思い出す。

となると、中々に信じがたいが、メイソンの言っている事は事実なのだろう。

少し考え、俺は言う。

「その事を他の奴らは知っているのか？」

「私とお前、あとはローガンとハーパーしか知らん。ミラに治された怪我人も気を失っていたからな、私が治した事にしておいた」

メイソンの判断は正しいだろう。

ミラに特別な力があると知れ渡ったら、ミラをどうにかしようとする奴が出るかもしれん。

俺は少し考えて言う。

「ちなみに、ミラは自分の力の事が分かっているのか？」

「いや、分かっていないだろう。怪我人を治療した時も無我夢中で泣いているだけで、本人は治しているなんて意識は持っていなかった。そして大泣きした後は、すぐに眠ってしまったからな」

「なるほど、そっちの方が涙の秘密を守るためには都合がいいかもな」

俺の言葉に、メイソンは頷く。

すると、俺はとある考えを思いついた。

「……ならミラの腕の怪我も涙で治せたのか？」

「それが、涙でも自分の傷は治せないようだ。それと、涙を溜めておいても他人を治す事は出来なかった」

「まるで実験したような口ぶりだな。ミラを利用するつもりなら許さんぞ！」

「そんな事をするつもりはない。ただちゃんとミラの事を分かっていなければ、彼女を守る事も出来んだろう」

ミラを守ると言われたら、俺はぐうの音も出なかった。

メイソンは続ける。

「とりあえず、ミラの事を第一に考えているお前なら問題ないと思いこの事を話した。ミラが泣く時は注意しろ」

「……分かった」

まだはっきりとは信じられていないが、俺は頷く。

そしてミラの様子を窺うと、目が合った。

「あっ！　ジョンしゃん、ほんよんでー」

あどけなく笑うミラを見て、何事もなく幸せになって欲しいと心から願った。

閑話

メアリー様の遺体を引き受けてから三年、私――イーサンはまた収容所を目指し夜の闇を駆け抜けていた。

あれから何度も遺体の回収を頼んだが、金がないなら不可能だと門前払いを受けていた。

しかし長い時が経ったが、どうにか提示された金を用意する事が出来た。

ようやく、ようやく、埋葬したメアリー様に子供を会わせてあげられる。

そう思い、私は手綱を握りしめ馬のスピードを上げた。

闇に隠れて収容所の扉を叩くと、あの夜と同じように小窓から看守が顔を出す。

「誰だ?」

「フラー看守に用がある」

私は三年前にやり取りをした看守を呼び出した。

だが、看守は興味なさそうに言う。

「フラー看守は辞めた、もういない。用はそれだけか?」

看守が扉を閉めようとするのを慌てて止める。

「ま、待て! 辞めたとはどういう事だ!?」

「元から素行が悪く問題の多い人だったからな。気がついたらいなくなっていたんだよ」

「だが、あの日の約束が……」

「約束? あんな適当な人の話をまともに聞く奴なんかいないぞ。なんだ、お前騙されたのか」

看守は哀れむような視線をこちらに向けてきた。

私はショックを受けつつも、縋るように赤子の遺体がないか聞いてみた。

看守は首を横に振って答える。

「そんなもの俺は知らん。それに三年前の遺体なんて、あったとしてももうとっくに処分されてるだろうよ」

その言葉を聞き、私は呆然としてしまった。

すると、看守はふと思い出したように呟く。

「そういや最近子供のような声を聞いたって奴がいたなぁ、まぁ気のせいだろうが……っと、話は終わったな。それじゃあ俺は仕事に戻るぞ」

そう言って、看守はいなくなった。

その時、私は根拠はないが、とある事を直感した。

「子供の声……まさかメアリー様のお子様は生きている？」

いや、まさか、そんな訳ない。こんなところで赤子が育つなどありえない。

そう思いつつ、心のうちに灯った小さな希望の火を私は消せずにいた。

三　五歳

「ほらミラ、カートに入れ」

「はーい」

ジョンさんに言われて私――ミラはカートに乗り込む。これは私が小さい時に看守に叩かれてから器用な囚人さんが作ってくれた物だった。

以前使っていたカバンより、こっちのほうが頑丈で安全らしい。

私がカートに乗り込むと上から布を被せて板で蓋(ふた)をされる。

さらにその上から洗い物を載せると、洗濯物を運ぶカートにしか見えなくなるんだ。

ジョンさんにカートを押されながら、私は移動する。

すると、外から看守の声が聞こえてきた。

「ジョン、洗濯か？　これも持っていってくれ」

そう言って、カートに洗濯物を放り込む音が聞こえてきた。

その音がやんだあとでジョンさんが言う。

「はい、じゃあこのまま他の棟を回ってきますね」

そう言って移動を始めるジョンさん。

「ふふ、全然気がつかないね」

私がカートの中からクスクス笑うと「こら、もう少し静かにしてろ」とジョンさんから注意されてしまった。

「はーい」

私は大人しく黙る事にした。

目的地は一棟にあるローガンさんの部屋だ。

そのまま移動すると、カートの縁をトントンと叩かれる。出て来ても良いという合図だ。

その音を聞いて私は中から蓋を押し上げ顔を出した。

カートの中で立ち上がるとジョンさんが私の脇を抱えてカートから引き上げてくれた。

「こんにちは！」

私はカーテンがかかっている牢屋に向かって声をかけ、ローガンさんの返事を待つ。

「どうぞ」

返事が来るとローガンさんの部屋に駆け込んだ。

「ローガンさん！」

中に入るとローガンさんの他に、メイソンさん、ハーパーと小鳥のノアちゃんが待っていた。

「あれ？　みんないる～」

みんなが揃っているのが珍しくて自然と笑顔になる。

それと同時に、ノアちゃんが私の肩に止まった。

「ノアちゃん、こんにちは」

ふわふわの体に頬ずりするとノアちゃんも喜んでいるように見える。

「ちょっとノア、主人は僕だよ。なんでミラの方にばっかり懐くかなぁ～」

ハーパーが苦笑しているけど、それほど嫌に思っている訳ではなさそうだった。

「ノアちゃんは私の事好きだけど、一番はハーパーだよね」

私の言葉にハーパーは満更でもなさそうに笑う。

その後、みんなは何か話があるようで、私は部屋の端でノアちゃんと一緒に、絵本を読む事になった。

今はもう一人で本も読めるからね！

でもみんなの話も気になって、私はノアちゃんに本を読み聞かせつつ、聞き耳を立てる。

「それで今日集まったのはなんでだ？」

ジョンさんがローガンさんに話を振った。

「ミラが産まれてから、ここの衛生環境は良くなりましたよね」

「そうだな」

みんなが頷くと私の方をいっせいに見る。

「ん？」

私が首を傾げるとみんなは笑った。

その後にジョンさんが口を開く。

「みんな自分の牢屋に泊まらせたいもんだから、綺麗に掃除するようになったからな」

「ええ、ですが食事の方は特に改善出来ていませんよね」

ローガンさんがそう言うと、メイソンさんも納得したように頷く。

「まぁ中には看守から普通の飯をもらっている奴もいるが、食堂の料理はかなり粗末だな」

「そうなんですよ。最近はさらに酷く、そのおかげで体力がない者が病気になる事も増えてきましてね。看守長に何とかしろと言われました。囚人に頼む事とは思えません」

その言葉を聞いたジョンさんは呆れたように文句を言う。

「……たく、俺達を何だと思ってるんだ。俺達は囚人だぞ、食事の改善は看守の仕事だろう」

ジョンさんが怒っているみたいなので、近づいてクイクイと袖を引っ張った。

「なんだ？　ミラ」

「ミラ、おいしいご飯好き！」

ニコッと笑うとジョンさんが仕方なさそうにため息をつく。

ジョンさんは文句を言いながらも、いつも私に優しいのを知っていた。

なんか難しい話をしていたが、ごはんの話をしていたのは分かった。

「これはすぐにでも改善しないといけませんね」

「「賛成だ」」

ローガンさんの言葉に、みんながすぐに返事した。

やっぱりみんなも美味しいご飯は好きなようで頷いている。

「しかし我々でも料理の事となると畑違いだ。今はビオスが中心となって担当しているが他に誰か作れるか？」

そう言うローガンさんに、ジョンさんが答える。

「俺は、ふかし芋なら出来るぞ」

「僕それ苦手。なんかパサパサしててやなんだよね～」

「私もだ」

ハーパーとメイソンさんが嫌そうな顔をした。

私もあんまりふかし芋は好きじゃないな。

すると、好きな芋料理が思い浮かび、咄嗟に言葉が出た。

「ミラはポテトフライが好き！」

「ポテトフライ……？　皆さんは聞いた事ありますか？」

私の発言にローガンさんが尋ねるが、みんな首を横に振る。

「ミラ、そのポテトフライというのはどこで食ったんだ？　俺達は食べさせた事ないよな？」

ジョンさんに聞かれて私はうーんと考える。

あれ、どこだっけ？

その瞬間、私の頭の中に真っ赤な看板に黄色いダブルアーチのロゴが浮かんできた。

あー、ハンバーガーも食べたいな。

そんな事を思うと同時に、頭が真っ白になり私はバタンと倒れ込んだ。

◆

「ミラ！」

ジョン、メイソン、ローガンの三人は突然倒れたミラに駆け寄った。

ジョンがミラの体を抱き上げると、彼女の体が火照り、熱を発している事に気がついた。

「急にどうしたんだ⁉」

ジョンはそう言って、慌ててメイソンにミラを見せた。

メイソンは慌てながらも、ミラの様子を窺い、眉間に皺を寄せる。

「さっきまで普通に元気にしていたのに……一体何が」

「とりあえず冷やしましょう！」

ローガンが部屋にあった布を濡らしてミラのおでこに置くと、少し楽になったのか、ミラはフーっと息をついた。

しかしそれでもまだ苦しそうで、息は荒い。

それを見てメイソンは頭を抱えた。

「ミラの体調管理には人一倍気を遣っていた。だが今は間違いなくかなりの熱がある。なぜ突然こんな事に……」

すると、ローガンが口を開く。

「原因不明という事ですよね……という事は最悪の場合ミラは……？」

「縁起（えんぎ）でもねぇ！　馬鹿な事言うなよ」

ジョンがローガンを睨みつけるが、メイソンは悔しそうに下を向いた。

「おい、なんか言えよ！」

ジョンは今度はメイソンに掴みかかった。

ハーパーがみんなを落ち着かせようと声を荒らげる。

「やめなよ！　そんなに騒いで、ミラがさらに苦しそうにしてるじゃん。僕らが喧嘩したってミラは治らないよ」

ハーパーの正論に、他の三人は思わず黙る。

そして、ジョンは改めて呟いた。

「なんだって急にこんな事に……」

ジョンは苦しそうに寝ているミラの小さな手を握りしめる事しか出来なかった。


目を覚ます気配のないミラをメイソンが預かってから三日が経った。

この三日間、収容所は暗く沈んだ空気が漂っており、まるで明かりが消えたかのようだった。

ミラが倒れた事で、囚人達は自分達の中でどれ程ミラが無くてはならない存在になっていたのかを痛感していた。

特にジョンの様子は酷く、牢屋を荒れさせ、仕事は放棄し、さらには看守に楯突いた事による罰として、地下の独房に入れられてしまった。

その知らせを聞いてローガンは思わず悪態をつく。

「あの馬鹿は……」

「とりあえず看守に交渉して五日で出してもらえる事になったが、五日後も態度が荒れていたらそのまま延長されるようだ」

ローガンは報告に来た囚人にお礼を言う。

「報告、ありがとうございます。看守の交渉にかかった費用はあとでジョンにきっちりと払わせますので安心してください」

「そんなのはいいんだ。それよりもミラちゃんは？　ミラちゃんが良くなりゃジョンの野郎だって態度を改めるだろ？」

その言葉を聞き、ローガンはすまなそうに首を横に振った。

「そうか……」

囚人はミラの状況を察してガックリと肩を落とす。

そしてとぼとぼと自分の牢屋へと戻って行った。

ローガンがメイソンの牢屋に向かうと、そこには人だかりが出来ていた。

しかし、そこにいる人達の表情はどれも暗い。

彼らは牢屋の中には入らずに、外から祈るように中を見つめていた。

「何をしているんですか？」

ローガンは集まっていた囚人達に声をかける。

「俺達はミラちゃんが心配でいてもたってもいられなくて、でもみんなで部屋に入っても迷惑だからここで祈ってるんだ。そうだ！　これ、ミラちゃんが起きたらやってくれ！」

囚人は持っていた食べ物をローガンに渡した。

他の囚人達も同じように口を開く。

「あっ、俺のも頼む！　これでミラちゃんが少しでも良くなるなら」

「俺もだ！」

ローガンは抱えきれないほどの食べ物や見舞いの品を押しつけられた。

それを運べるだけ持ってメイソンの牢屋に行くと、中にも大量のお見舞いの品が置いてあった。

「これは凄い」

ローガンが床一面に置いてある食べ物や服や玩具を見る。

「みんながミラにと置いていった。こんなに置かれたら私の寝る場がなくなる」

メイソンが憎まれ口を叩くがいつもの元気はない。

そして落ち込んだ様子でため息をついた。

「私も先程外でコレを受け取りました。まだ受け取りきれなかった分もあります」

「あとで食堂の冷却庫に運ぼう。こんなにあっては看守の目を引くし、食べ物は腐ってしまうかもしれん」

メイソンの言葉を聞き、ローガンはまだミラが目覚めそうにない事を察した。

「そうですね。ミラの様子を見ても？」

メイソンが頷いたので、牢屋の奥にあるベッドを覗き込む。

そこには顔を赤くして苦しそうにするミラが寝ていた。

それを見て、ローガンはメイソンに言う。

「まだ良くなりませんか」

「ああ、時折うわ言を呟いているが、なんと言っているのか聞き取れなかった。まるで異国の言葉に聞こえた」

「何を言っているのですか、ミラはここから出た事もないのですよ」

「そうなんだが……」

メイソンは心配そうに起きる気配のないミラを見る。

そしてぬるくなったおでこの上の布をそっと取り替えた。

その様子を見たローガンは、お見舞いの品を片付けるべく、メイソンの部屋を後にするのだった。

◆

私――ミラはぼんやりしながら目を覚ました。

……うーん、ここは？

そう思いながら、記憶を辿り、ふと思い出した。

ここはメイソンさんの部屋だ。いや牢屋と言うべきかもしれない。

ベッドに寝てるなんて病気にでもなったかな？

私は生まれてからほとんど病院のベッドで寝ていた事を思い出して苦笑いする。

……え？　病院？　私は何を考えてるんだろう。

ガバッと起き上がると、クラッと頭が痛み出した。

頭を押さえてうずくまる。

「ミラ！」

するとメイソンさんが駆け寄って来た。

あれ、メイソンさん、なんか痩せた？　いやそれよりも私だれ？

頭の中で二つの記憶がごっちゃになっているような感覚に襲われ、視界がグラグラと揺れる。

「うっ！」

あまりの気持ち悪さに吐き気を催し、口をおさえた。

そしてそのまま我慢出来ずにベッドに吐いてしまうが、口から出るのは黄色い液体だけ。

気持ち悪さがさらに口中に広がった。

「ミラ、水を飲め！」

メイソンさんは自分が汚れるのにも構わずに私を抱えると、口に水を流し込む。

私はそれをゆっくりと飲み込んだ。

「……」

ありがとう、と言いたいが声が出ない。

パクパクと口を動かすとメイソンさんが泣きそうな顔でウンウンと頷いている。

「大丈夫だ、ゆっくりでいい」

メイソンさんの優しい声を聞き、私は再び意識を失った。

◆

私――ローガンはらしくなく全速力でメイソンの牢屋を目指し走っていた。

ミラが起きたと、他の囚人に知らされたのだ。

「ミラ！」

私は声をかけるのも忘れてメイソンの牢屋に飛び込む。

メイソンがミラの体を綺麗に拭いているところだった。

「また眠ってしまった」

メイソンはそう言って、静かにミラの頭を撫でた。

私は尋ねる。

「何があったのですか?」

「音がしたので覗いて見たら、意識を取り戻したミラがうずくまっていたんだ。頭を押さえて苦しそうにしながら吐いてしまったがな」

そう言ってメイソンが汚れたシーツを見せてきた。

「水を飲ませてやると口に少し含んだ。そして何か言おうとして、そのまま気を失ってしまった」

「でも、一度は起きたと」

「それは確かだ」

「そうですか……よかった……」

力が抜けドサッとその場に座り込んでしまった。

「熱も落ち着いたようだし顔色も良くなった。あとはまた目覚めてくれるといいんだが」

「そうですね」

メイソンの言葉に頷き、私は痩せ細ってしまったミラの手をギュッと握りしめた。

メアリーの時は間に合わなかった……けどミラだけは……

◆

私はこの収容所に入る前は王都で文官として働いていた。

自分で言うのもなんだが頭は切れるほうで、年のわりに責任ある仕事も任されていた。

私はその事が嬉しく、真面目に仕事に取り組み続けた。

だがとある日、私の待遇に嫉妬した馬鹿な同僚達が結託して、横領の冤罪をなすりつけてきた。

私は自分のした事ではないと必死に説明したが、職場には私の味方は誰もおらず、結局私は捕まった。

そしてここに収容されたが、私は周りの馬鹿達とつるむ気にもなれず、投げやりな気持ちでここでの仕事に取り組む事になった。

過去の経歴もあり、私は書簡部に配属される。

そこでは看守の給与の管理や事務処理をするなど、書類仕事が苦手な看守達の尻拭いのような事をさせられていた。

そんな時、看守の一人が帳簿を書き換えてくれと言ってきた。

どうでもいいと思いながら私がそれを叶えてやると、看守はひどく喜んだ。

そして次の日から、他の看守達もコソコソと私に会いに来るようになった。

そいつらの言う事も聞いてやると、看守の態度が腰の低いものに変わっていき、私はどんどんこの収容所で発言力を持つようになっていった。

最初からバカ真面目に仕事などしないでこれくらい上手く立ち回っていたら、こんなところに来る事もなかったのかもしれない。

そんな風に思い始めていた頃、メアリーがこの収容所にやってきた。

彼女はどんな目にあっても笑顔を絶やさず、理不尽に屈する事はなかった。

気がつけばメアリーの周りには人が集まっていた。

彼女の周りにいる連中は、本当に互いに信頼しあっているように見えた。

打算でしか近寄ってこない看守どもとは大違いだ。

ある日、メアリーの方から声をかけてきた。

「こんにちは、ローガンさんですよね？」

近くで見るメアリーは、こんなところに入るとは思えないほど整った顔をしていた。

もちろん服はボロボロで髪も綺麗とは言いがたいが、それでも不快感のない所作をしていた。

余程いい所の貴族だったのではないかと思っていると、メアリーに尋ねられる。

「ローガンさんって書簡部なんですよね？　どんな仕事をされてるのか気になって」

メアリーは私のやっている事など分かっているような顔でまっすぐに見つめてくる。

「別に大した事はしていません。看守達の金を管理してまとめているだけです。これ以上は言えません」

「ふーん、なんでそれで顔を逸らしちゃうんですか？　もしかして、後ろめたい事があるとか？」

「……それは、私を馬鹿にしているんですか？」

私はメアリーを睨みつけると、彼女のそばから去っていった。


男から睨みつけられたのだからもう寄って来ないだろうと思っていたが、それからもメアリーは時間があると私のところに話をしにやってきた。

最初は疎ましく思っていたが、いつしか私は彼女との会話を楽しむようになっていた。

そしてメアリーとのつき合いも数ヶ月になった時、私は看守達の給料を増やしてやっている事を彼女に言ってしまった。

それを聞いたメアリーは顔を曇らせる。そして次の日メアリーは会いに来なかった。

また独りになってしまった。そう思った翌日、メアリーはいつもと変わらない様子で現れ、微笑んだ。

「ねぇローガン、その看守のためにちょろまかしたお金、さらにちょろまかしてみない？」

「どういう事ですか？」

私はメアリーの考えている事がよく分からなかった。

詳しく聞くと、彼女はここの囚人達の扱いの悪さを嘆き、どうにか金を工面してここの暮らしを良くしようと考えていたらしい。

話を一通り聞いた後、私は言う。

「言いたい事は分かりました。しかし看守の金に手を出したのがバレたら大変ですよ」

「大丈夫、責任は私が負うわ。もし看守にバレたら、全部私に命令されたって言って」

「本当にいいんですか？　看守達にどんな目に遭わせられるか分かりませんよ」

「そんな事でみんなが少しでも苦しまなくなるならお安い御用よ。私はローガンのように頭がいい訳じゃない。メイソンのように誰かを治せない。ジョンのように力もない。差し出せるのはこれだけだから」

躊躇いもなくそう答えたメアリーは輝いて見えた。

彼女の笑顔からは、確かな覚悟と優しさが伝わってきた。

こんなところに他人を思いやり、自己を犠牲に出来る人がいる事が無性に嬉しかった。

仕事を失ったあの時にこういう人がそばにいてくれたなら……

そう感じた瞬間、私の答えは決まった。

「……仕方ないですね、やってみましょう。まぁ私ならバレないように出来ますが」

私の言葉にメアリーはクスクスと笑った。

それから私は看守の秘密などを握るべく、積極的に動くようになった。

彼らが牙を剥けば犠牲はメアリーにも及ぶ。そうならないように看守の信頼だけでなく弱味も手にしようと思ったのだ。

気がつけば収容所で私は囚人達からも一目置かれる存在になっていた。

周りから頼られるようになると人も集まってくる。

するとメアリーは少しずつ私から離れていった。

そしてしばらくメアリーを目にしないと思っていたら、彼女が死んだという知らせが回ってきた。

彼女と親しかったジョンに話を聞きに行くと、メアリーは子供を産んでその後、息絶えたらしい。

死体は既に回収され、処理も終わっているとの事。

私はもうメアリーには会えないと分かってから、彼女を愛おしく思っている事に気がついた。

あの笑顔はもう見られない。いつも無くなってからその大切さに気がつくのだ。

そう思っていると、メアリーが産んだ子供がまだ生きていると聞いた。その子のせいでメアリーが死んだのかもしれないと思うと、一目会って睨みつけてやりたかった。

そして私はミラに会った。

当然の話だが、ミラは当時、まだ他人を認識出来ない赤子だった。

その顔を見るとうっすらとメアリーの面影があった。

メアリーと同じ薄紫の髪に大きな紫の瞳がこちらを見つめていた。

ミラは私を見て手を伸ばしヘラッと笑った。

ミラの中にメアリーがいた。彼女と同じ笑顔で私に笑いかけてきた。

その笑顔を見て、私は彼女を守ろうと思ったのだ。

◆

私――ミラは夢を見る。

その夢の中で私は黒髪の女の子だった。顔は見えないが親らしき人達が私にしがみつき泣いている。

ベッドに横たわる私の細い腕にはチューブがついていて、見るからに具合が悪そうだった。

あれ、私だよね？

見下ろすような視点から、他人事のようにその様子を見ていた。

そして、少し記憶が蘇った。

そうだ、確か私は体が弱くてずっとあそこで寝ていた気がする。体を動かす事がほとんど出来ずにテレビや本を読む毎日、おかげで変な知識だけ身についたっけ。

つい、思い出し笑いをしてしまう。

あれ？　そう言えば私の名前ってなんだっけ？

思い出せずにうーんと考えていると遠くから名前を呼ばれた。

『ミラ！』

そうだ！　私はミラだ。

ジョンさんやローガンさん、メイソンさんにハーパー達と楽しく暮らしてるミラが私だ。

囚人のみんなの顔が浮かび上がると、私はハッと気がつき目を開いた。

「ミラ！」

「ミラ！」

汗びっしょりで気がつくと、目の前には心配そうな顔をしたメイソンさんとローガンさんがいた。

「ミラ、私が分かりますか？」

ローガンさんに声をかけられた。

相変わらず私にだけは気遣うような優しい声を向けてくれる。

「ミラ、大丈夫か？」

メイソンさんまで不安そうにオロオロしている。これは珍しいと思ってクスッと笑ってしまった。

その後、「大丈夫」と言いたくてパクパクと口を動かすが、声が出ない。

起き上がろうとしたが力が入らずに動けない。

体が自分のものではないように感じるが、二人が触れている部分に優しい温もりを確かに感じる。

少し疲れた気がして、軽く目を閉じると、さっき見た夢を思い出す。

さっき見たあれは前世の記憶ってやつだと思う。

前の自分の名前もどう死んだのかもよく覚えていないが、確かにここではない世界で暮らしていた記憶は頭に残っていた。

これからどうしよう。

私は息をつくと、また眠りについた。

◆

ミラが突然目を覚まし、私――ローガンは彼女を見つめる。

ミラはキョロキョロと目を動かして周りを確認すると、メイソンを見つけて小さく笑った。

彼女の笑顔など何日ぶりに見るだろう。まるで何年も見ていないような気分になった。

「ミラ！」と声をかけるがミラからの返事がない。

口をパクパクと動かしているが声が出ないようだ。

ずっと寝ていたから体力が落ちているのかもしれない。しかし今は目覚めてくれた事が嬉しい。

そしてミラは疲れたのかまた寝てしまった。だがその顔は穏やかで寝息まで立てている。

その様子を見て、ほっと一息つきながら、声が漏れる。

「よかった……」

メイソンも安心したようで、笑いながら「よくやった」と言ってミラの頭を撫でている。

そうだ、ハーパーにも知らせてやらねば。

あいつは平気な振りをしながらも、凄く心配していたからな。

あとはあの馬鹿者のジョンにも言う必要があるだろう。ミラが目を覚ました時にそばにいないとは保護者としてあるまじき行動だ。

そんな事を思いながらも、ミラが目を覚ました喜びを感じてもう一度彼女を見る。

そしてその小さな頭を優しく撫でると、私はハーパーの元へと向かった。


私がミラの事を伝えると、ハーパーはノアと一緒に慌てて走り出した。

そのまま二人でメイソンの部屋に戻る。

ハーパーは部屋に入るなり叫ぶ。

「ミ、ミラが起きたって⁉」

ハーパーの取り乱した顔なんて久しぶりに見るが、本人はそんな事は気にせず、一直線にミラに近づいた。

これまでと違い穏やかで落ち着いた様子のミラの寝顔を見て、ハーパーはほっと息をつく。

そして、確かめるようにその頬を優しくつついた。

前までふっくらしていた頬は、少し痩せこけてしまっていた。

ミラは頬を触られてくすぐったいのか、ムニュムニュと口を動かした。

「ミラが反応した！」

ハーパーが驚いてメイソンを見る。

「ああ、多分寝ているだけだ。起きたら何か食わしてやらないとな」

するとノアが急に牛に変身し、バタバタと地団駄を踏む。自分の乳を搾れと言っているようだった。

「大丈夫、もう大丈夫だよ」

ハーパーがノアに笑いかけると、ノアは嬉しそうに牛のままミラの髪を舐め出した。

◆

私――ミラはふと目を覚ました。周囲を確認するが暗く静かだった。

きっと今は夜の消灯時間なのだろう。

私の意識ははっきりとしているが、やはり体は上手く動かない。

体を何とか動かそうとしていると、喉の渇きを感じ、ゴクッと唾を呑み込む。

しかし、そんな程度では全然満たされない。

誰かを呼ぼうにもやはり声が出なかった。かろうじて動く頭を動かしてみる。

すると遠くからパタパタと羽音が聞こえたと思うと、顔にフワッと何かが当たった。

顔に当たった何かを上手く確認出来ずにいると、頬に覚えのあるスリスリとした感触があった。

この感触は……ノアちゃん？

すると、ノアちゃんは私の心の声が聞こえたかのように目の前まで飛んできて、コクコクと頷いている。

ノアちゃん、喉が渇いてるから、誰か呼んで。

心の中で頼んでみるが、ノアちゃんはどこかに飛んで行ってしまった。

私はどうにか動いて音を鳴らせないかと体を左右に揺らしてみたが、やはり体は上手く動かない。

どうしようかと十分ほど悩んでいると、小さい声が聞こえてきた。

「ミラ？」

私が首を横に向けると、そこにはハーパーの姿があった。

ノアちゃんがハーパーを呼んできてくれたんだ！

私はハーパーに視線を送ると、パクパクと口を動かす。

「喉が渇いたんだね。ちょっと待って、今メイソンを起こすから」

ハーパーがいなくなると、体を揺らすような音が響いた。

そして慌てた様子でメイソンさんが現れる。

「ミラ、起きたのか」

小声で尋ねてくるメイソンさんに頷くと、メイソンさんは水の入った瓶を持ってきてくれる。

「ほら、水だ」

私はそれをコクコクと飲み込み、ふーっと息をついた。

その様子を見た後で、メイソンさんが尋ねる。

「ハーパー、なぜお前がここにいるんだ？　この時間は牢屋に鍵がかかっていて出入り出来ないだろう」

「自分の牢屋で寝ていたらノアに起こされてね。ミラが苦しそうだって聞いたから、ノアに鍵になってもらって部屋を抜け出して来たんだ。まぁそろそろ戻らないとヤバそうだけど」

ハーパーは危険を冒してまで私のところに駆けつけてくれたみたいだった。

感謝を込めて口を動かすと、ハーパーにその気持ちは伝わったようで、少し恥ずかしそうにした。

「早く良くなれよ」

ハーパーはわざとらしく素っ気(そけ)ない感じで手を上げると、ノアちゃんと一緒に牢屋を出ていった。

その様子を見て、私はどこか安心して再度眠りにつく事が出来たのだった。


数日後、みんなに助けてもらいながら過ごしていくと、どんどんと体が動くようになり声も出るようになっていった。

そして五日もすれば、私は完全に動けるようになった。

仕事の合間をぬって代わる代わる私の世話をしてくれたみんなには感謝しかない。

私は世話をしてくれたみんなにお礼を伝えたが、みんなは笑顔を返してくれた。

しかし、みんなの笑顔を見るたびに、私は申し訳ない気持ちになっていった。

今の私は確かにミラだ、みんなと過ごした記憶もある。

だけど今回の件で前世の記憶が蘇り、私の頭の中にはミラ以外の記憶も存在していた。

今の私は……前の私と同じって言えるのかな。

みんなが心配してくれるミラと、私は別人のような気がして、罪悪感のようなものを覚えてしまう。

みんなは元気の出ない私を、まだ体調が治りきっていないと思っているのか、会うたびに元気づけようとしてくれた。

でもそれによってまた罪悪感が沸いてくるという悪循環に陥っていた。

今の悩みをメイソンさん達に話してしまおうかとも考えた。本当の事を言って謝りたかった。

自分はもうあのミラじゃないと言ってしまいたかった。

でも怖かった。言ってしまえば何かが変わってしまい、もうここにはいられなくなる気がした。

今の私は前世の記憶のおかげで以前よりは知識があるし、精神年齢も大人になっている。

でも、それでもみんなと別れるのは寂しい。

出来る事ならみんなとずっとここで暮らしていたかった。

そんな事を考えていると、ふととある考えが頭に浮かんだ。

もし前世の記憶の事をジョンさんに言ったらなんて言われるだろう。

もう一人で生きて行けって言われるかな。

ジョンさんは私が眠ったせいで荒れてしまい、独房送りになったらしい。

そのせいで、目を覚ましてから一度も会っていない。

「ジョンさんに会いたいな……」

私はなかなか止まらない涙をシーツで拭きながら、そう呟いたのだった。


次の日、ローガンさんとメイソンさんから、ジョンさんの元に行ってみないかと提案された。

私はローガンさんに尋ねる。

「えっ、でもジョンさんは独房にいるんでしょ？　私行けるの？」

「ええ、どうにか看守を買収(ばいしゅう)――オッホン！　懸命(けんめい)に頼んで一時間ほど話せるようにしました」

「どうだ、行ってみないか？　ミラ、あいつに会いたいんだろ？」

メイソンさんが優しく聞いてくる。

私は二人を見つめてコクンと頷いた。

そして今日の夜に、いつものカートに乗り込み地下の独房を目指す事になった。

カートを押すのはローガンさんだ。何かあったとしても一番上手く立ち回れるだろうという事で、
カートを押す役を引き受けてくれた。

私のわがままで迷惑をかけてしまって申し訳ないな。

そう思い落ち込んでいると、いつものように頭をポンと撫でられる。

「大丈夫、見つからないようにしっかりと守りますからね」

怯(おび)えていると思われたのか、安心させるような口調だった。

「ローガンさん……ごめんなさい。ありがとうございます」

私は深々と頭を下げたが、つい他人行儀な態度を取ってしまった。

すると、ローガンさんは複雑そうな顔をして呟く。

「ミラ……いえ、なんでもありません」

「ローガンさん？　どうかしたの？」

「いえ、今なぜかミラが違う子に見えてしまって……そんな訳あるはずないのに」

ローガンさんはそれ以上何も言わなかった。


そしてその日の夜、私はカートに乗り込み、地下へと向かった。

その途中、ローガンさんは看守と軽く話をしたが、その後はスムーズに進んでいった。

階段を降りているのか、カートが軽く揺れ続けた後で、ローガンさんが言う。

「ジョン」

「その声はローガンか？」

「そうです。こんな所に入れられるなんて、あなたは何をやってるんですか」

「すまん……」

ジョンさんの弱弱しい声を聞き、私は思わずカートから顔を出して声をかけてしまう。

「ジョンさん！」

「ミラ⁉」

周囲が暗くてよく見えないが、ジョンさんには無精髭が生えていて、顔に痣もあるようだった。

「二人とも、静かに。ここは声が響きます！」

ローガンさんが注意すると、ジョンさんは声を落とした。

「わ、悪い……それより、本当にミラか？　よかった、目が覚めたんだな……」

鉄格子の隙間から必死に手を伸ばして私に触れようとするジョンさん。

私は僅かに出たその指を握りしめた。

「ジョンさん、ジョンさん……ジョンさぁ～ん」

私はジョンさんの温もりを感じると、思わず泣き出してしまった。

そしてひとしきり泣いて落ち着くと、ローガンさんが声をかけてくる。

「私はひとまず上に戻ります。一時間ほどで迎えに来ますから、それまでは二人で話をしていてください」

ローガンさんはカバンからローソクを取り出し、火を灯すと、ジョンさんの部屋の前に置いた。

「このローソクは一時間で消えますから、それまでに話を終わらせてくださいね」

「ローガンさん……」

私は思わず呟き、去ろうとするローガンさんの服を掴んだ。

やっぱりこの人は優しくて、私に甘いローガンさんだった。

「ありがとう」

今出来る精一杯の笑顔を見せると、ローガンさんは微笑んで頭を撫でてくれた。

その後、ローガンさんがいなくなると、私はジョンさんが幽閉されている部屋の前に座った。

ローガンさんが置いていってくれたローソクの灯りを頼りに、私達は檻ごしに向かい合った。

「目覚めてよかった、少し痩せたな」

ジョンさんは私の頬を触ろうと手を伸ばすが、自分の手が汚れている事に気がつき、手をひっこめようとする。

私はその手を掴み、自分の頬を近づけた。

ジョンさんの手に私の涙がこぼれ落ちる。

「ミラ、どうした？　元気ないな……って、少し前まで倒れていたからしょうがないか」

ジョンさんがあまり喋(しゃべ)らない私を心配そうに見つめ、申し訳なさそうに頭を下げる。

「それに、俺もこんな所にいるもんな？　心配かけてすまん……」

「それはちが——いや、違わないけど！　ジョンさん早く出てきてほしいんだけど！」

私がそう言うと、ジョンさんの顔がみるみると生気を取り戻す。

「分かった！　あと少しで罰も終わるから、そしたらもう二度とこんな所に入らんと誓うぞ」

私はジョンさんの必死な言葉にクスリと笑う。

「これで、俺の事は解決だ。それで、何を隠してるんだ？」

思わぬ言葉に驚いて、私はジョンさんを見つめる。

すると、ジョンさんは穏やかに笑った。

「なんで分かったんだって顔だな。そんなの分かるに決まってるだろ！　きっとローガンやメイソン、ハーパーだって分かってるぞ。ミラの顔に『悩んでます』って書いてあるからな」

「うそ……」

私は思わず自分の顔を触ってしまった。

そんな私を見てジョンさんは笑う。

「ふふっ、例えだよ。それで、どうしたんだ？　ミラが倒れた事と関係があるのか？」

「……」

私はまだ自分の事を話すかどうかの踏ん切りがつかずにいた。

前世の記憶の事なんて話しても信じてもらえるか分からない。

熱で頭がおかしくなってしまったと思われるかもしれない。

何も言えず下を向いてしまうと、ジョンさんがさらに優しい声で話しかけてくる。

「ミラは話したい事があるからここに来たんだろ？　ローガン達もそれを分かっててお前をここによこしたんだろうな」

ジョンさんの言葉に私は覚悟を決めた。

ローガンさんはわざわざ看守に交渉してまで、こんなところに私を来させてくれた。

メイソンさんはいつもなら健康に関して厳しい事を言ってくるのに、私が倒れてからは優しい言葉しかかけてこない。

ハーパーだっていつもならノアちゃんを私と取り合うのに、今はずっと私のそばに置いておいてくれている。

みんな、私の変化に気づいていて、でも問いただす事はせず見守ってくれていたのだ。

そんなみんなのためにも私は勇気を出さないといけない。

ジョンさんを見つめると、私は自分が持っている二つの記憶の事を話し始めた。

私が言葉を選びながら話すのをジョンさんは黙って聞いていた。

話す間、私はジョンさんの顔を見られずにいた。

ジョンさんが驚いていたらどうしよう。困った顔をしていたら？　嫌そうな顔をしたら？　気持ち悪がっていたら？　そう考えるとどんどん顔が下がっていってしまった。

そして、私が話を終えると沈黙が広がる。

その沈黙を破ったのはジョンさんだった。

「ミラ、顔を上げろ」

私の顎に指がかかり、上を向かせられる。

恐る恐るジョンさんを見ると、凄く怒った表情をしていた。

ああ……受け入れてもらえなかった。

私は必死に泣くのを我慢した。

しかし、その後のジョンさんの言葉は意外なものだった。

「今の話を聞いても、お前が何を悩んでいるのか全然分からん」

拒絶の言葉が来ると思っていたので、思わず涙が引っ込んでしまう。

私の説明が伝わらなかったのかと思ったが、ジョンさんの顔を見るに、そういう訳でもなさそうだった。

「俺にはミラは以前と変わっていないように見える」

「だから、私はもう前のミラじゃないの！　ジョンさん達が可愛がってくれた子じゃないんだよ」

「そんな訳あるか、お前はお前だ」

「だって、私もう一つ記憶があるんだよ！　そんなの気持ち悪いでしょ」

「どこがだ？」

ジョンさんは心底分からんといった様子で首を傾げ、言葉を続ける。

「お前、俺のベッドでおもらしした事覚えてるか？」

「い、いきなり何を言い出すの!? しかもその話はしないって約束でしょ！」

急にそんな話をされて、私は思わず顔を赤くしてしまった。

そんな私を見て、ジョンさんは小さく微笑む。

「じゃあローガンがお前用のお菓子倉庫作ってるの知ってるか？」

「……知ってる、あれは甘やかしすぎだよね」

その笑顔を見て、私も少し気が抜けて苦笑してしまった。

ジョンさんは更に言葉を紡ぐ。

「メイソンはお前が産まれてから、人を無闇に切らなくなったの知ってるか？」

「それは知らない。いつも怒った時はみんなに『切ってやるぞ』って言ってるのに……」

「ふっ、やはり俺にはお前が変わったなんて思えん。ミラ、お前の中にどんな記憶があろうと、俺達が一緒に過ごしてきた時間がある限り、ミラはミラだ」

ジョンさんはいつものように私の頭を撫でた。

「本当に？ 私はみんなが知らない事いっぱい知ってるよ」

「いい事じゃないか、ちょっと早く成長しただけだろ？」

「そんなもんなのかな？」

「どんなに成長しても変わっても、今まで過ごした時は変わらん。ミラは俺達の大事な娘だよ」

ジョンさんがそう言って笑うと、私の頬に熱い涙が流れていた。

「じゃあ、私ここにいていいのかな？」

「当たり前だ」

「またみんなと暮らしていいの？」

「だから当たり前だ！　ここ以外どこに行く気だ、家出は許さんぞ」

ジョンさんが怒ると、今まで抑えていた気持ちが爆発し、私はようやく大声で泣く事が出来た。

「……う、うわーん！　よかった、よかったよー！」

私が泣きやむまで、ジョンさんは鉄格子から懸命に手を出して抱きしめてくれた。

「クソ、こんなところに入ってなければミラを思いっきり抱きしめられるのに」

ジョンさんが悔しそうに呟いた。

いつも通りのジョンさんの様子に私はすっかり心が軽くなっていた。

そして私が泣きやむと、ジョンさんは言う。

「スッキリしたか？」

「うん……」

泣きすぎて顔がぐしゃぐしゃになっているのが分かったが、来た時よりずっと晴れやかな気持ちだった。

ジョンさんは近くにあったローソクを見て口を開く。

「もうそろそろローソクが燃え尽きるな。俺はあと数日で戻るから、みんなといい子にな」

「いい子にするのはジョンさんでしょ」

私がボソッと言うと、ジョンさんの抱きしめる力が強くなった。

「こいつ、さっきまでのしおらしい態度はどこいった！」

ぐりぐりと私の頭を小突く。

「あはは！　うそうそ、いい子に待ってるね。だから早く出てきてね」

ジョンさんの温かい手をギュッと握りしめた。

「おお」

ジョンさんは嬉しそうに頷くと少し真剣な顔を向ける。

「あとな、さっきの話、ローガン達には話してみろ」

「みんなに？」

私が不安そうにするとジョンさんは自信満々に頷く。

「お前を赤ん坊の頃からずっと世話してきた奴らだぞ、この程度の話であいつらの気持ちは変わらん。そうだよな？　ローガン」

ジョンさんが私の後ろに視線をずらした。振り返るとそこにはいつの間にかローガンさんが立っていた。

「ミラ」

ローガンさんは私を見て驚いた顔をした。

もしかして話を聞いていたのかと思ったが、ローガンさんは慌てて駆け寄ってきた。

「その顔はどうしたのですか!?　涙の跡がついていますよ!?」

そう言って心配そうに私の顔を覗き込む。

「様子がおかしかったからここに連れてきたのに、やっぱりジョンなんかに会わせるべきではなかったのか……」

ローガンさんは悲しそうにすると私の腫れた瞼を優しく撫でた。

「すみませんミラ、そんなに泣かせてしまって……ジョンに何を言われたのです？　ジョンが嫌いならこのままここに閉じ込めておきましょうか？」

あまりに狼狽(うろた)えた様子に、私は思わず噴きだしてしまった。

「心配し過ぎ。別に嫌な事なんてないよ」

ローガンさんは笑っている私の顔を見て驚いていたが、すぐにほっとした顔を見せる。

「よかった」

そして力いっぱい抱きしめてくれた。

私も優しいローガンさんを抱きしめ返すと、そっと耳元で呟いた。

「心配かけてごめんなさい。帰ったらみんなに話があるんだ、聞いてくれる？」

「ええ、ぜひとも教えてください」

ローガンさんは包み込むような笑顔を返してくれる。

私はジョンさんに「またね」と言って手を振ると独房を後にした。ジョンさんは見えなくなるまでずっと手を振り返してくれた。

閑話

メアリー様の子供が生きているかもしれないと感じてから、私——イーサンはサンサギョウ収容所について調べ始めた。

あの収容所の辺りは私のいる王都からは離れており治安が悪い。

看守として働いている連中も荒くれ者ばかりだ。

ならば金の力である程度情報は集められるはず。

そう思い情報を集めていると、あの収容所に務めている看守の男が休暇で王都の酒場に来ているという話を聞きつけた。

私がその酒場に行くと、看守の男は酒癖が悪いのか、大声で喋りながら酒を飲んでいた。

「まったくよー！　なんで俺があんなところで仕事しなきゃなんねぇんだよ！」

ガチャンと近くに置いてあった空の酒瓶(さかびん)を倒すと、店主が迷惑そうな顔をして睨みつけた。

「オヤジ！　酒〜！」

男はおかわりを求めるが店主はため息をついた。

「お客さん、飲みすぎですよ。それにお金あるんですか？」

男は布袋を取り出し中身を確認するが、大して入っていなかったようで舌打ちする。

「チッ！　金なんていいだろ、次来た時払う」

「うちはツケはやってないんで」

店主がそう返すと男は顔を赤くした。

「お前！」

立ち上がろうとする男の隣に、私はサッと座った。

「まぁまぁ店主さん、ここは私がこの方に奢（おご）ります」

そう言って二人分の金を出し、自分の分の飲み物を注文する。

男はただ酒が飲める事にご機嫌な様子だった。

「おっ！　奢ってくれるのか！　ありがとうな」

「いえ、気にしないでください」

私がそう言うと、男は出された酒を再び飲みだす。

私は酒を運んできた店主を呼びつけ、小声で話しかける。

「店主さん、隣のこの方と二人で飲める個室とかはありませんか？　この辺りの席はうるさくて……」

私がそう言うと、店主は「こっちです」と言って奥の部屋へ向けて歩き始める。

その様子を見て、私は隣の男に話しかける。

「すみませんが、向こうの個室で飲みませんか？　今日はたくさん金が入ったので、いくらでも奢りますよ」

すると男は意気揚々とついてきて、私達は個室で二人、酒を酌み交わす事になった。

私は男を気持ちよく酔わせると、収容所の内情を聞き出す。

聞けばあの収容所は酷い環境のようで、看守長を始めとする看守達が横柄にふるまっているようだった。

噂ではあの収容所の酷さは聞いていたが、その腐り具合は想像以上だった。

そんな場所にメアリー様が収容されていたと思うと、胸の奥が締めつけられる。

しかしその感情を隠しつつ、私は尋ねる。

「ちなみに看守の中で、変なものを見た、なんて話はありませんか？」

「変なもの？　そーいやー子供がクスクス笑う声を聞いたって言って怯えてる奴いたなー。周りにいた囚人達には聞こえてなかったらしくて、本物の幽霊だって騒いでたぞ！」

男はガハハと笑いながら話すと、そのまま眠ってしまった。

私は店主の元に行くと迷惑料と酒代を渡して店を後にした。

私はその後も情報を集め、こっそりと他の看守と接触し続けた。

すると、子供の幽霊を見たという話をしている者が他にも何人かいた。

そして、その声は囚人達には聞こえていないらしかった。

……あの収容所には子供がいて、それを囚人が隠している……という事か？

まだ疑問が残るが、私はメアリー様の子供が生きているのではないかと思い始めた。

四　復活

私――ミラがジョンさんのいる地下から出て、再びメイソンさんのいる牢屋に帰ってくると、そこにはハーパーの姿もあった。

メイソンさんとハーパーが、目が腫れている私を見て言う。

「ミラ、その顔はどうした」

「あーあ、派手（はで）に泣かされたね」

「えへへ」

恥ずかしくなって笑うと、メイソンさんはほっとした顔をして私をギュッと抱きしめた。

「まったく心配させて、困った子だな」

メイソンさんはそんな事を言いながらも嬉しそうにニコニコと笑っている。

「本当だね！　悪い子はジョンと一緒に独房だよ」

ハーパーがニヤッと笑っていつものような軽口を叩いた。

「ミラはいい子だから行かないもん」

私はいーと歯を出した。

「こいつ、生意気な！」

ハーパーは怒ったふりをしながら嬉しそうに私に迫ってくる。

私も嬉しくて部屋の中を逃げ回った。

しかし、走り回っているとローガンさんにあっさりと捕まってしまった。

「ほら、おふざけはそこまでです。ミラ、私達に何か話があるんですよね？　聞かせてもらえますか？」

ローガンさんの真剣な表情を見て、メイソンさんとハーパーは近くにあった椅子に腰かける。

「うん」

私は頷くと、三人にも自分の前世の記憶が蘇った事を説明した。

そして説明を終えた後に私は言う。

「……だから私はみんなと過ごした事もしっかり覚えてるんだけど、前世の記憶もあるの。それでみんなを騙してるんじゃないかって思って、ずっとどうしていいか分からずに悩んでた」

私はみんなの様子を窺うと、メイソンさんはどこかほっとした様子で口を開く。

「記憶……という事は、ミラは私達を嫌いになった訳じゃないんだな？」

「当たり前だよ！　みんなの事大好きだもん」

私は必死に否定すると、ハーパーがドヤ顔をする。

「だから僕は言ったんだ、ミラが僕らを嫌いになるはずがないって!」

「ミラがいなくなったらどうしようと私に泣きついて来たのは誰でしたっけ?」

ローガンさんがじろっとハーパーを見ると、ハーパーは慌て出した。

「あ、あれはもしもの話をしただけだよ！　本気で思ってた訳じゃないから！」

顔を赤くしたハーパーを見て、私は言う。

「メイソンさんもハーパーも心配かけてごめんね、でももう大丈夫。私はこのままの私でいいんだって、ジョンさんに教えてもらったから」

「……ふーん、ジョンさんもたまにはいい仕事するね」

ハーパーが面白くなさそうに呟いた。

「まぁこれで独房に入った件は水に流してあげましょうかね」

ローガンさんが仕方なさそうに肩を上げると、メイソンさんも頷いていた。

ジョンさんと同じでいつもと変わらないみんなの態度を見て、私は胸のつかえが取れたように感じた。

そして下を向くと、みんなに見えないようにこっそりと涙を拭った。

「では、ミラはジョンが戻って来るまで私の部屋で泊まりましょうね」

ローガンさんがそう言って両手を差し出してくる。

「ちょっと待って、ローガンは明日仕事だよね？　僕は午後からだから僕がそのままずっと見るよ」

ハーパーは笑顔で手招きした。

「いや、まだ本調子ではない。しばらくはここに泊まらせるべきだ」

メイソンさんが私を抱き上げてベッドに寝かせようとした。

しかし、ローガンさんは反論する。

「いえ、私の部屋で休ませます。ミラはもう元気になっているでしょう。そうですね、ミラ」

「もう体は大丈夫だけど……」

「ほら、見なさい」

ローガンさんが勝ち誇った顔をした。

「いや私が！」

「だから僕が！」

メイソンさんとハーパーも譲らないと言って、三人は睨み合ってしまった。

「私、一人でも大丈夫だよ？　ジョンさんの部屋で大人しく待っていられるし」

「「それは駄目だ！」」

三人は言い合いながらも息ぴったりだった。

◆

「ミラ、おはよう」

聞きなれた声が耳元で聞こえて来て、私は起き上がる。

「ハーパーおはよう……ノアちゃんもおはよう」

昨日三人は私をどこに泊まらせるか悩んだ挙句（あげく）、結局じゃんけんで決めだした。

そしてハーパーの牢屋に決まったという訳だ。

私はまだ眠いと思いながらも目をうっすら開ける。

それと同時に、ノアちゃんが顔に飛び込んできた。

「わっ！」

「おっと」

驚いて後ろに倒れそうになるが、ハーパーがサッと受け止めてくれた。

「ありがとう、ハーパー」

「ミラは病み上がりなんだから、気をつけてよノア」

ハーパーが注意すると、ノアちゃんはしゅんと顔を下げてしまった。

「大丈夫だよ、おいでー」

私が笑って呼ぶと、ノアちゃんは様子を窺うようにこちらを見ている。

「ゆっくり来てくれれば大丈夫だよ」

私の言葉が分かっているようでノアちゃんはパタパタとゆっくり飛んでくる。

そして、嬉しそうに私の肩に止まった。

「ふふ、ノアちゃんはいつでもフワフワだね」

すりすりと頬を寄せると、ふとある事が気になってハーパーに目を向ける。

「そういえばノアちゃんってなんの動物なの？　変身出来る動物とか見た事ないよ」

改めて考えてみると、前の記憶でもノアちゃんのような動物は見た事がなかった。

「えーっと……まぁミラならいいか。ノアは動物って言うか、魔獣かな」

「まじゅう？　よく分かんないけど、すっごく可愛いね」

私はそう言って、よしよしとノアちゃんの頭を撫でた。

すると、ハーパーは少し驚いたように言う。

「前から思ってたんだけど、ミラはノアが怖くないの？」

「……？　ノアちゃんに怖いところなんてないよ」

「ノアはその気になればドラゴンにだってなれるんだぞ。ミラなんて一口だ」

「え、ドラゴンってこの世界にはいるんだ！　凄いね、なら背中に乗せてもらえるかな？」

私がそう言うと、ノアちゃんは嬉しそうに飛び回り体を光らせ始めた。

「ノア、ここじゃ駄目だよ！　部屋が壊れる」

ハーパーが姿を変え始めたノアちゃんを急いで止めた。

残念に思いながら、元に戻ったノアちゃんの頭を慰(なぐさ)めるように撫でる。

「確かにここだと飛べる空がないもんね」

「ていうか、ミラはドラゴンが分かるんだ？　ドラゴンなんて教えた事なかったはずだけど」

「前の記憶で知ったの。見た事はないけどね」

「じゃあ……僕の事も分かる？」

ハーパーがサラサラの髪をかき上げると、長い耳がピョンと顔を出した。

「ハーパーって耳が長いんだ。えーっと、もしかしてエルフとか？」

綺麗な顔と長い耳、私がよく読んでいた物語に出てくるエルフの特徴だった。

すると、ハーパーは答える。

「そう、僕はエルフなんだ。普段は隠してるけどね」

「……ハーパーは自分がエルフなのが嫌なの？」

「いや、僕はエルフである事を誇りに思ってる」

「そっか、素敵だね！」

私は本心からそう言うが、ハーパーは落ち着いた口調で続ける。

「全然素敵じゃないよ。僕はエルフだからここに入れられたんだ」

「エルフだから？　ハーパーは悪い事をしてここに入れられたんじゃないの？」

ハーパーは心外だというような様子で顔を歪めた。

「僕は何もしてないよ。でもエルフはみんなから恐れられているからね。それで無理やり捕まって、ここに入れられた。僕がエルフって事はローガンとメイソンと看守長、あとミラしか知らないから、みんなには内緒だよ」

私がコクコクと頷き、口を手で押さえると、ハーパーがクスッと笑う。

「エルフを知ってるって事は、ミラの前世の世界ではエルフがいたんだよね。数は多かったの？」

「実際にはいなかったよ。物語の中に存在する人って感じかな」

「へー」

ハーパーは興味深げに私の話を聞いていた。

それが嬉しくて、私は得意気に言葉を続ける。

「私の知ってるエルフは人気者だよ！　自然を愛してて、自然に愛されてて、あと長寿とか言われてた」

私が説明するとハーパーは驚いたように目を見開いた。

「自然が好きとか長寿とかは合ってる。ミラはそんな事まで知ってるんだね」

「え？　こっちの世界でも同じなんだ？」

「でも、人気者っていうのは違うかな。こっちではエルフは迫害される種族だからね。もしかしたら、この国にいるエルフは僕だけかも……」

「そうなんだ……ハーパー寂しい？」

私はハーパーの顔を見つめるが、ハーパーの様子は普段と変わらないように見えた。

「寂しい、ねぇ……そんな気持ちはもう何十年……いや何百年前に忘れたな」

投げやりな言い方に少し心配になる。

ノアちゃんも私と同じように思ったのか、ハーパーの肩に止まり心配そうに体を擦りつけた。

ハーパーは優しくノアちゃんを撫でる。

「昔からの知り合いは、もうノアだけになったな」

その言葉を聞き、私はハーパーの隣に座った。

「ミラ？　どうした？」

「私はずっとハーパーの事忘れないよ。血が繋がってなくても家族だから」

するとハーパーはキョトンとした顔で一瞬黙ると、クスクスと笑いだした。

「家族か、そりゃ久しぶりに出来たな」

ハーパーは私の肩をがっしりと掴んで、嬉しそうに笑ってくれた。

私も一緒になって笑った後、気になった事を尋ねてみる。

「それにしても、どうしてエルフはみんなに恐れられてるの？」

「エルフは植物を操る事が出来るからな。人間から見たら化け物に見えるんだろう」

「化け物⁉　こんなに綺麗な姿をしてるのに⁉」

「綺麗ねぇ、気味が悪いの間違いだろ？」

「全然そんな事ない！」

私はハーパーの言い方に怒りを覚えて、言葉を続ける。

「エルフと人間の何が違うの？　私とハーパーだって何も変わらないじゃん」

「種族が違うだろ。人族とエルフ族、違う種族は相容れない」

「前の記憶では色んな人種の人達がいたよ。肌の色が違う人、瞳の色が違う人、髪の色が違う人。確かに差別もあったけど、でもお互いを受け入れている人達の方が多かったよ」

私が思わず叫ぶと、ハーパーは少し驚いた後で言う。

「ミラのいた国ではそうだったんだ……でもこの国ではそうじゃない」

「なんで？」

「なんでって言われても、なんでもだ！　昔からそうなってるんだ！」

「そんな事言ったら男と女だって違うじゃん。大人と子供だって違うし、人間とエルフにも大した違いなんてないよ！」

エルフが怖がられる理由が納得出来ないでいると、ハーパーは私の頭を撫でる。

「お前はそのままでいてくれればいいよ」

ハーパーはそう言って、穏やかに微笑んでいた。

その笑顔からは先程まであった、投げやりな雰囲気はなくなっているように見えた。

◆

数日後の早朝、私はハーパーの牢屋から移動してジョンさんの牢屋にいた。

今日はやっとジョンさんの独房での謹慎(きんしん)が終わり、普通の牢屋に戻って来る日だった。

出迎えない訳にはいかないと思い、みんなに頼んで牢屋で待たせてもらっていたのだ。

ローガンさん、ハーパー、メイソンさんからは危ないから自分達の牢屋で待つようにと言われたが、どうしてもここでジョンさんを迎えたかった。

私が必死にお願いすると、ローガンさん達は渋々許可を出してくれた。

そして今日の仕事が始まる前、三人はジョンさんの部屋に集まっていた。

「ミラ、いいですか、絶対にここから出てはいけませんよ」

「はい！」

「人が来ても飛び出すなよ！」

「うん！」

「ジョンが開けるまで出ては駄目だぞ」

「分かった！」

ローガンさん、ハーパー、メイソンさんの注意をしっかりと覚えると、手を挙げた。

ジョンさんはお昼くらいに看守に連れられて来るらしい。

そのため、私はベッドの裏に作ってある、睡眠用の小さな隠し部屋に隠れる事になっていた。

私が隠し部屋に行くと、三人は心配そうにしながらも、仕事場に向かった。

◆

昼頃、ジョンは看守に連れられ自分の牢屋へと戻って来る。

看守はジョンを押して牢屋へぶち込むと、ドアを閉めた。

「いいか！　もう二度とあんな事はするなよ。今度やったらいくら金を積まれようと許さんからな！」

「すみません、でした」

ジョンは殊勝（しゅしょう）な態度で看守に深々と頭を下げる。

「……まぁ反省はしているようだな。いいか、お前の牢屋はしばらく消灯時間以外にも鍵を閉める。開けるのは飯の時と仕事に行く時だけだ。しばらく問題ないようなら前の生活に戻してやる」

「はい、それで構いません」

「……なんか素直すぎて気持ち悪いんだよな」

看守はブルッと震えると、腕をさすりながら歩き出す。

その姿が牢屋のあるエリアから完全に見えなくなるまで、あたりは静寂に包まれていた。

しかし、看守がいなくなった瞬間、周囲から歓声が上がる。

「ジョンおかえり！」

「馬鹿な奴だな！」

声の主はジョンの帰りを待っていた近くの部屋にいる囚人達だった。

彼らはジョンを迎えるべく、休みをとっていたのだった。

「みんな、心配かけて悪かったな」

ジョンが頭を深く下げて謝ると、囚人達が仕方なさそうに笑う。

「まったくだ！　ミラちゃんが大変な時にお前は親失格だぞ」

「本当だな」

その言葉にジョンは苦笑しながら、口を開く。

「それでミラはどこに行ってる？」

「ええっと、どこだったかな」

すると、さっきまで楽しそうな様子だった囚人達が急にどこかわざとらしい声で答えた。

「なんだあいつらは?」

その態度に首を傾げながら、ジョンはベッドに横になった。

「まぁローガンかメイソンかハーパーのところだろうな。あとで連れてきてくれるだろう」

ジョンは何気なくそう呟き、周囲を見る。

すると、しばらく空けていた部屋が、綺麗なままである事に気がつく。

(誰かが掃除をしてくれたのか……)

そんな事を思いつつ、慣れたベッドの上で寝返りをうつ。

すると、聞きなれた音が微かに聞こえた。

「クー……」

「まさか……」

ジョンはベッドの裏の隠し部屋を覗き、思わず呟く。

「ミラ……」

そこにはミラが猫のように丸くなりながら、気持ちよさそうに眠っていた。

くぅくぅと寝息を立てて気持ち良さそうに寝ている彼女からは、独房に来た時の不安げな表情は見えなかった。

ジョンは思わず手を伸ばすと、ミラのぷにぷにの頬をつついてみる。

「ふにゃふにゃ……」

口を動かして何か呟き始めたミラに、ジョンは耳を近づけてみた。

「ジョンしゃん……」

「可愛い奴め」

気持ち良さそうに寝るミラを起こさないように、ジョンはじっと彼女に寄り添い続けた。

◆

私――ミラは気持ち良い温もりに包まれながら、ゆっくりと目を開く。

頭はぼんやりしているが、今の状況を徐々に思い出してきた。

そうだ、私はジョンさんを待ってたんだ。

口を大きく開けて欠伸(あくび)をして、体を伸ばすと何かに手が当たった。

あれ？　と思い周りを確認する。

「おはよう、よく寝てたな」

するとジョンさんが優しい顔で微笑みながら私を見つめていた。

「ジョンさん？」

なんでもう戻ってきているんだろう？　夢？

寝ぼけながら、私は自分のほっぺをギュッとつまんだ。

微かに痛みが走る。

「お、おい、何してるんだ！」

ジョンさんが慌てて私の手を掴んだ。

私の頬をジョンさんがさすってくれる。

「痛い、夢じゃない……？　って事は……ジョンさん！」

私は慌てるジョンさんにギュッと抱きついた。

どうやら私は寝過ごしてしまったらしい。

「もう！　おかえり、ずっと待ってたんだよ」

ゴシゴシとジョンさんの胸に顔を擦りつけて温もりを確認する。

ジョンさんは私の頭を撫でる。いつもの大雑把な感じはなく、優しく気遣うような感じだった。

「ああ、ただいま。悪かったな。一人にして」

「一人じゃないよ、ローガンさんもメイソンさんもハーパーもみんな一緒にいてくれた。でも……」

そこまで言って、私は言葉を詰まらせてしまった。

息をついて気持ちを落ち着けるとジョンさんを見つめる。

「やっぱりジョンさんがいなくて寂しかったよ」

「そうか、寂しかったか」

ジョンさんは申し訳なさそうにしながらも、どこか嬉しそうに私の頬を再度撫でた。

「なんで嬉しそうにするの！」

私は寂しかったのに、それを嬉しそうに語るジョンさんに思わず頬を膨らませる。

しかし、ジョンさんは笑みを浮かべながら言う。

「ミラが俺をそこまで思ってくれるのが嬉しくてな」

「ジョンさん達は私の親だもん。当たり前だよ」

「そうだな……悪かった。もう離れないようにする」

ジョンさんはそう言うと私をギュッと抱きしめた。

「絶対だよ」

そう言って腕の隙間からジョンさんを見上げるが、ジョンさんは笑うだけで否定も肯定もしなかった。

◆

「はぁ、大丈夫だろうか？」

ローガンは書簡部で落ち着かない気持ちで仕事をしていた。

すると、書簡部の同僚が苦笑する。

「ローガンさん、今日はもう帰った方がいいんじゃないですか？　仕事全然進んでないですよ」

ローガンは普段ミスなどしないのだが、今日は先程から何度もミスをして手が止まってしまっていた。

それを見かねた書簡部の同僚に手伝ってもらっているほどである。

「ミラちゃんのところに行ってあげてくださいよ。それで普段のローガンさんに戻ったら、いつもの倍は仕事してもらいますから」

「……分かりました。すみません」

ローガンはお礼を言うと、立ち上がりそそくさと部屋を出て行った。

彼がいなくなった後、書簡部の人々は口々に言う。

「まさか、あのローガンさんがあんな風になるとはな」

「今日は槍が降るかもしれません」

「ありえるな！」

彼らは大いに盛り上がりながら、仕事を続けるのだった。

◆

久しぶりに会ったミラとたくさん話をし、気づけば仕事が終わる少し前の時間になっていた。

ミラは疲れたようで、少し前から俺——ジョンのベッドで寝てしまった。

前世の記憶が蘇ったと言っていたが、甘えん坊なところは変わっていないし、隣で眠る姿は赤子の頃と同じに見える。

気持ち良さそうに眠るミラを見ていると、牢屋に近づいてくる足音が聞こえてきた。

看守の巡回のタイミングではないと思いながら、ミラに布団をかけて隠す。

そのまま警戒していると、見知った顔が外から覗いた。

「ローガン？」

どうやら、ローガンが様子を見に来たようだった。

俺はミラにかけた布団を取ると、ローガンは安心したような顔をする。

「どうやら、無事事会えたようですね」

「こんな時間に……仕事はどうしたんだ」

「書簡部の皆さんが助けてくれました。ミラが心配で来てみましたが大丈夫そうですね」

「その……なんだ、色々とすまなかったな」

俺がしおらしく謝ると、穏やかだったローガンの顔が呆れ顔に変わった。

「まったくです、この貸しは大きいですよ」

俺達が小声で話しているとミラが寝返りをうった。

起こしてしまったのかととっさに口をつぐむが、ミラは寝言を言う。

「ん～……ジョンしゃん、ローガンしゃん……ケンカダメだよ……」

笑いながら寝言を言うその姿に、ローガンは毒気を抜かれたような笑顔を見せた。

「今回はミラに免(めん)じて許します、が！　次はないですよ。これ以上ミラを泣かすようなら、彼女は私の牢屋に住まわせますからね」

「分かった」

俺は素直に頷く。二度とミラをこんな事で悲しませる気はない。

今回の事で俺も十分に反省した。もう一度失態を犯した時はそれなりの罰を受けるつもりだ。

「では、私は自分の牢屋へ戻ります。明日の朝、食堂にちゃんとミラを連れてきてくださいね」

「ああ」

俺が頷くのを確認すると、ローガンは満足そうに自分の牢屋へと戻っていった。

その様子を見てから、スヤスヤと眠るミラの柔らかい髪を撫でる。

そしてそのまま、俺も心地良い眠りへと落ちていった。

五　前世の料理

ジョンさんの温もりのおかげで久しぶりに熟睡出来たと思いながら、私――ミラは目覚める。

近くにある時計を見ると、早朝だった。どうやら日付が変わるまで眠ってしまったらしい。

うーんと伸びをしようとすると、まだ眠っているジョンさんが私を優しく守るように抱きしめている事に気がついた。

私はジョンさんのほっぺを触ってみる。

自分がよく触られるので、触り心地がいいものなのかと思ったのだ。

「かたい」

でも、引き締まったジョンさんの頬はつついても面白くなかった。

「……なんでみんな触ってくるんだろう？」

「そりゃミラの頬はぷにぷにだからだよ」

首を傾げていると、いつの間にか起きていたジョンさんが悩んでいた私の頬をつついた。

「ジョンさん、起きてたの？　そんなに違うかな……？」

私は自分の頬を触ってみる。

確かにジョンさんのよりはぷにぷにしていた。

なんかお肉がつきすぎのような気がして面白くない。

すると、私の頬を見てジョンさんが困ったように言う。

「それより、赤みがまだ残ってるな。昨日強くつねったからだぞ」

「でももう痛くないよ？」

頬をしっかりと見せるが、ジョンさんの眉は下がったままだった。

そのあと少し雑談をしてから、外に出る準備を始めた。

いつものカートに乗り込み姿を隠していると、巡回の看守が牢屋の鍵を開けにやって来る足音が聞こえた。

「じゃあ俺達も行くか」

ジョンさんの小さな声が聞こえると、カートが動き出す。

そして食堂まで辿り着き、周囲に看守がいないのを確認してもらうと、カートから飛び出した。

「おはようございます！」

私が元気よく挨拶（あいさつ）すると、囚人のみんなが顔を綻ばせながら近づいて来た。

「ミラちゃん！」

「おはよう！　元気になったんだね！」

「よかった～」

「みんなおはよう～もうお腹ぺこぺこなの」

ポコッとしたお腹をさすってアピールする。

するとみんなは笑顔で自分の分を差し出してくれた。

「ミラちゃん俺のパン食べる？」

「あっ俺のスープあげよっか？」

「おい、ミラの分はちゃんとあるから大丈夫だ、あんまり食べさせすぎるなよ」

ジョンさんがみんなを制止する。

「あっ、ジョン、いたのか？」

「お前のせいでミラちゃんが痩せちゃったんだろうが！」

ジョンさんがみんなに責められてしまっている。

中にはジョンさんの肩をドンッと押してる人もいて、不穏な空気が流れた。

「ジョンさんをいじめちゃダメ！」

みんなの前に立って手を広げた。

するとジョンさんに迫っていた人はすぐに離れる。

「ご、ごめんよ、ミラちゃん……いじめてないよ。注意しただけなんだよ」

「そうそう、ジョンはミラちゃんを置いていったんだぜ。ちょっとは怒ってやらないと」

みんなは「そうだそうだ」と言って頷いている。

チラッとジョンさんを見上げると、反論する事もなく、気まずそうな顔をしていた。

それを見て、私はニヤニヤしながら言う。

「そっか……じゃあ今日はジョンさんのご飯もらっちゃおうかなー」

その言葉を聞いたみんなは一瞬気の抜けたような顔をして、笑い出した。

「それがいいな！　俺も奢ってもらおうか？」

そんな事を言いながら、みんなはジョンさんを取り囲み始める。

「お前ら……」

ジョンさんは軽く息を吐いて、その後は笑って頷いていた。


ジョンさんは入口から見えない角のテーブルの席に私を座らせると、食事を取りに行く。

カウンターの前に行くと、奥の厨房(ちゅうぼう)で大きな鍋(なべ)を混ぜるおじさん――ビオスさんが口を開く。

「おう、やっと帰ってきたのかこの馬鹿野郎は」

ビオスさんは元料理人の囚人で、特別にこの厨房で囚人の料理を作る仕事をしている。

料理当番の人達は、みんなビオスさんのお手伝いをするといった感じだ。

「ビオスさん、おはようー」

私は席から大きな声でビオスさんに挨拶をする。

「おう、おはよう。今日は元気なんだな」

ビオスさんは厨房から顔を乗り出し、私を見つめた。

「うん、大丈夫そうだ。まったく……ミラはこんな奴に世話になってて大変だな」

ビオスさんはそう言ってチラッとジョンさんに目を向けた。

ジョンさんはうっとうしそうに答える。

「うるせえ、早く飯くれよ」

「お前のせいでただでさえ不味い飯がさらに不味くなっちまってたんだ。文句くらい言わせろ」

「なんだそりゃ、俺のせいなのか？」

「お前がいないせいでミラが食べない、そうなると他の奴らも暗くなって飯が不味く感じるようになる。ほら、お前のせいだろ」

ビオスさんはそう言って、お盆の右半分と左半分に食事を置いていく。

しかし、右半分は明らかに品数が多く、量も多い。

「なんだこりゃ」

ジョンさんはあからさまに差がある二つの食事を見つめて呟いた。

ビオスさんが言う。

「いいか、これはミラのだ。そんでもってお前のはこっち」

ビオスさんが指さした方には、質素なスープと硬そうなパン、それとふかしただけのじゃがいもが半分だけ載っかっていた。

「分かったよ」

ジョンさんはそう言って、二人分の食事を持って私の元に帰ってくる。

「おい、どけ！」

そして私の近くにいた囚人のみんなをどかすと、隣に座った。

ジョンさんは私の前に置いてある食事の山を見てびっくりしている。

「なんだこれ？　こんなに食えないだろ？」

「いらないよって言ってるのにみんな置いてくんだもん」

気持ちだけでいいと言っているのに、すれ違った囚人のみんなは嬉しそうに食べ物を置いていったのだ。

あんまり断るのも悪いと思っていたら、こんな事になってしまった。

ジョンさんは困ったような顔をしつつ言う。

「まぁそれはあとで食え。まずはビオスのおっさんの分を食わないと俺が怒られる」

ジョンさんはそう言って、私の前に具だくさんスープを置いた。

「わぁ！　たくさんだ！」

美味しそうな香りに目を輝かせる。

お礼を言おうと厨房にいるビオスさんの方を見るが、ムスッとして顔を逸らされてしまった。

とはいえこういう態度はいつもの事で、ビオスさんは本当は私に優しいのだ。

「いただきまーす！」

私が手を合わせると、周りにいる囚人達は手を止めて私を見ていた。

その視線は気にせず、ひとまずスープをいただこうと、器に手をかける。

でもたくさんの具が入ったスープの器は重くて、持ち上がらなかった。

「しょうがねぇな」

ジョンさんは器を掴むとスプーンでスープをすくい、フーフーと冷ました。

「ほら、あーん」

そして、私の目の前にスープを差し出した。

「ん、どうした？」

ジョンさんが口をつけない私の顔を覗き込む。

私は頬が熱を帯びるのを感じた。

「これは、頬の赤みが増してるな」

ジョンさんは心配そうに頬を撫でるが、恥ずかしくなりますます頬が赤くなるのが分かった。

するとジョンさんはスープとスプーンを机に置き、私を抱き上げて顔を近づけてきた。

「おい！　大丈夫か？　体調が悪いのか？」

「だ、大丈夫！　なんでもないから下ろして」

私はジョンさんから離れようと暴れるが、ジョンさんはビクともしない。

ジョンさんの顔を見ると、本当に心配しているような面持ちだった。

その顔を見て少し冷静になり、落ち着くためにふーっと息をつく。

「ちょっと驚いただけだよ。自分で食べるから下ろして」

今度は抵抗しないでちゃんとお願いをした。

すると、ジョンさんが渋々といった感じで私を下ろした。

「本当か？　何かあったらすぐに言うんだぞ」

ジョンさんはまだ心配そうに私に異常がないか見つめていた。

「うん」

私が笑うとジョンさんも安心したのか、穏やかな口調で言う。

「それで、スープは自分で食べられるか？　無理に全部食わなくてもいいからな」

「大丈夫、いただきます」

私はスープを持ち上げるのを諦め、机に置いたままスプーンですくって口に運ぶ。

大きな口を開けて、パクッと食いついた。

スープはちょっと薄めの味つけだけど、空腹の今にはちょうどよく、パクパクと食べ続ける。

「ミラちゃんは美味しそうに食べるよなぁ、その姿、ずっと見ていられるよ」

囚人のみんなは、少し離れて私の食事を見守っている。

一度口に入れるとお腹が空いていた事もあり、手が止まらない。私は食事に集中した。

「あれ、なんかミラちゃんの頬、右側だけ赤くないか？」

囚人の一人が私の頬の赤みに気がついた。

すると、他のみんなも次々と口を開く。

「本当だ。まるでつねられたみたいだぞ」

「誰がそんな事を」

「昨日一緒にいたのは、ジョンだけだよな！」

「まさかジョンが……？」

囚人達が私の方を見ながらコソコソと話している。

すると、囚人達の後ろから、ローガンさんの声が聞こえて来た。

「今の話は本当ですか？」

「ロ、ローガン！　いや、まだ分からんけど、ほら、ミラちゃんの頬、なんか赤くないか？」

囚人達の言葉を聞き、ローガンさんはご機嫌にご飯を食べている私に近づいてきた。

「ミラ、おはようございます。今日は元気そうですね」

「ローガンさん、おはようございます」

ゴクッとご飯を飲み込んで笑って挨拶を返す。

ローガンさんは優しく微笑むと、視線を私の右頬に向けた。

その後、私の頬をサッと優しく撫でるとジョンさんの方を見る。

「ジョン、これはなんですか？」

ジョンさんはローガンさんの顔を見てビクッと震えていた。

「な、なんの事だよ」

ジョンさんが慌てて聞き返す。

「ミラの頬が赤くなっています。これはなぜですか⁉」

「ローガンさん違うの、昨日ジョンさんが帰ってきて、夢か本物か確かめるために自分でつねっただけなんだよ」

　私は今にもジョンさんを殴りそうなローガンさんを慌てて止めた。

「どういう事ですか？」

　顔を顰めるローガンさんに昨日の事を説明する。

　しかし理由を聞いてローガンさんはさらに顔を曇らせた。

　そして私の手を両手で包むと、泣きそうな顔をする。

「自分で自分を傷つけないでください、心配します」

　自分の事のように痛そうな顔をするローガンさんを見て、申し訳なく思った。

「ごめんなさい、もうしません」

　しっかりと頷き約束すると、ようやくローガンさんは笑ってくれた。

「分かってくれたならいいんです。食事の邪魔をしてしまってすみませんね。ではお詫びと言ってはなんですが、私が食べさせてあげましょう」

　ローガンさんは私からスプーンを取り上げると、先程のジョンさんのようにスープをすくう。

　そして、ニコニコしながら私に差し出した。

「はい、どうぞ」

　その笑顔を見て断る訳にもいかなくなり、私は子供扱いされるのをみんなに見守られながら、頬を真っ赤にして味の感じなくなったスープを完食した。

そのあとはパンを少し食べるともうお腹いっぱいになってしまった。

「ふー、もう食べられない」

お腹はぽっこり膨らんでいた。

「俺の分も食べるんじゃなかったのか？」

ジョンさんがニヤニヤと笑って残り物を見つめる。

「うー、もう無理だからジョンさんの分は返してあげる」

本当は食べたいけどしょうがないと思い、手元に寄せていたジョンさんの分の食事を返した。

ジョンさんは自分の食事に手を伸ばしながら言う。

「まぁこっちは具なしのスープにカチカチパンだけどな」

「えっ、ジョンさんのパン、そんなに硬いの？」

改めてジョンさんのご飯を覗き込む。

確かにいつもより貧相なメニューになっていた。

「ミラを心配させた罰なんだと。ここの奴らはお前に甘すぎだよな」

ブツブツ文句を言いながらも、ジョンさんはスープをすぐに飲み干して、パンもあっという間に平らげてしまった。

私は自分の前に残った食事を見て言う。

「ジョンさん、私が食べきれなかった分食べる？　でも残り物じゃ嫌かな？」

「おっ、いいのか？　もらい！」

ジョンさんは躊躇（ちゅうちょ）する事なく私の残り物にも手を伸ばし、それらも全て平らげた。

「味はともかく、腹はいっぱいだ」

ジョンさんが綺麗に食べ終えたお皿を整理した。

「そうですね。やはりミラの成長のためにも、もう少し食事環境を良くしないといけませんね。この食事は決して美味しいとは言えませんし」

隣にいたローガンさんは、そう言って持っていたフォークをお皿に置いた。

「味か～、この芋ならポテトフライとか作ったら美味しいかな？」

私はローガンさんのお皿に残っているふかしたじゃがいもを見つめると、ボソッと呟いた。

「ポテトフライ？　そういえばミラは倒れる前にもそのような事を言ってましたね。料理の名前ですか？」

「うん、この芋を細く切って油で揚（あ）げるんだよ」

「揚げる？」

「うん！　温めた油に入れるって事。カリッと揚がった芋に塩をかけて食べるとおいしいの～」

ポテトフライを思い出して思わずほっぺを押さえる。

「へー、そりゃ面白そうな調理法だな」

するとビオスさんがいつの間にかそばに寄ってきていた。

「ビオスさん、ごちそうさまでした」

私はお礼を言う。

「おう！　たくさん食べて偉かったな。それに比べて隣の男は……また芋を残しやがって」

ビオスさんは、ローガンさんの残した芋を見つけて睨みつける。

この人は、ローガンさんの権力を気にしない数少ない人だ。

「私はどうもこのボソボソした感じが得意ではないんです」

悪びれる様子もなく、ローガンさんは言った。

すると、ビオスさんも困ったように言う。

「まぁこれを食べない奴は多いけどな」

「これ、囚人のみんな残しちゃうの？」

もったいないと思い、ビオスさんに聞いてみた。

「そうなんだよ、好き嫌いなんて言える立場じゃないのに、しょうがない奴らだよな」

その言葉を聞き、私はいい事を思いつきキラッと顔を輝かせた。

私はビオスさんの顔を見上げる。

「だったら、芋はポテトフライにしてもいい？」

「その料理は油を使うんだよな？　油は高価だからここにはほとんどなくてな」

そう言って、渋い顔をするビオスさん。

「油って高価なんだ」

私はポテトフライが食べられると思っていただけにがっくりしてしまう。

でも、簡単には美味しいお芋料理を諦められず、他に何か口に出して考えてみる。

「じゃがいもなら、あとはポテトサラダとかいももちとか肉じゃがとか……あれ？　芋って万能野菜かも……」

いくらでも芋料理が思い浮かんできてはっとする。

すると、私の言葉を聞いたビオスさんは驚きながら言う。

「そんな料理一つも知らないぞ？　それ全部ミラが作れるのか？」

「作った事はないけど、作り方と味は知ってる」

「知ってる？　ここの囚人の誰かに教えてもらったのか？」

ビオスさんは私の言う事に首を傾げていた。

ここで生まれてここで育った子供の私が、なぜ自分の知らない料理を知っているか疑問に思ったのだろう。

「あっ、それは」

前世の記憶の事を話すのはマズいと思って、チラッとジョンさんとローガンさんを見た。

ローガンさんはニコッと笑って口を開く。

「ミラは小さいですからね。色んなところに隠れられますし、人の話を聞く機会も多いでしょう。異国から来た囚人の話を聞いたのかもしれませんね」

ローガンさんがそう言って私の頭を撫でると、ビオスさんは納得したように頷いている。

「なるほどな。それでその料理だが、調理法が分かるなら俺が作ってやるぞ！　どうすりゃいい？」

ビオスさんが記憶の事を詳しく聞いてこない事に胸を撫で下ろしつつ、私は言う。

「じゃあ、一緒に作ろっか！　ジョンさん、ローガンさん、それでいい？」

「ビオスのおっさんが見ているなら料理するのは別にいいが、看守に見つかる事はないか？」

「食堂の厨房にはほとんど看守も寄りつかないので問題ないでしょう。ただし、いつでも隠れられるようにはしていてくださいね」

「はーい！」

手を挙げて返事をした。


その後、私は食事を終えてお仕事に向かうみんなをお見送りに行く。

「みんな、お仕事がんばってね」

みんながいなくなってしまうのを寂しく思い、手を振った。

私が悲しい顔をしてしまったからか、囚人達も辛そうな顔をする。

「俺、仕事行きたくねぇな」

「あんな顔されたらずっとそばにいてやりたくなるよ！　仮病でも使うか？」

そこまでさせるのはマズいと思い、私は笑顔を作って再度大きく手を振る。

「私、みんなのためにビオスさんと美味しいご飯作って待ってるね。だから頑張って仕事して早く帰ってきてね！」

「ミラが我慢してるんだ、お前らだって出来るよな？」

ジョンさんが仮病を使おうとしていた囚人達をひと睨みする。

「仮病なんて使ったらミラの料理は食べられませんね、いや残念だ。残った分は私が食べておいてあげましょう」

ローガンさんも愉快そうに笑った。

「だ、大丈夫だ！　いつもの倍は働くぞ！」

「しかも、ミラちゃんが食事を作ってくれるのか⁉」

「腹空かせて帰ってくるからね、ミラちゃん！」

すると、囚人達も元気に手を振り返してくれた。

「うん！」

私はみんなが見えなくなるまで手を振り続ける。

そして、姿が見えなくなると手を下ろした。

食堂が一気に静かになり、思わずうなだれる。

すると、ビオスさんが私の肩に優しく手を置いた。

「ほら、俺に料理を教えてくれるんだろ？」

「……そうだね、美味しいご飯作らなきゃ！」

私がそう言うと、ビオスさんは厨房の中に連れて行ってくれた。

「じゃあまずは服が汚れないようにエプロンをするか。ミラは体が小せぇなぁ、なんかいいのあるかな？」

ビオスさんは厨房に積まれた箱をあさるが、当然私のサイズのエプロンなどなかった。

「しょうがねぇ、タオルでも腰に巻いとくか」

そう言ってビオスさんはタオルを持ってくると、バサバサッと皺を伸ばした。

「ほら、バンザイしろ」

「バンザーイ！」

両手を上げると腰にタオルを巻いて、後ろでギュッと結んでくれた。

「きつくないか？」

様子を窺いながら締め具合を調節するビオスさん。

「大丈夫！」

私がタオルを巻いた姿を見せつけるようにすると、ビオスさんは目尻を下げ、微笑む。

「よし、問題ねぇな。じゃあ何を作る？　俺は何をすればいい？」

「まずはポテトサラダかな。じゃがいもの皮をむいて茹でるところから始めるといいと思う」

「分かった、ミラには刃物はまだ危ないから、それは俺がやる。見ててくれ」

「はーい」

ビオスさんは椅子を用意すると、「ここに座ってろ」と言ってくれた。

私が素直に座るのを確認してから、ビオスさんは厨房の奥から芋を大量に持ってくる。

そして、手慣れた様子で皮をむき出した。

「ビオスさん凄い！」

その手つきに目を輝かせながら、私はビオスさんが皮むきしている様子を凝視する。

「そんなに面白いもんじゃないぞ？」

そうは言いながらも、ビオスさんはどこか嬉しそうに皮をむき続ける。

すると、凄い速さで皮をむき終えてしまった。

「よし、むけた！　じゃあこれを茹でるんだな」

「うん、あとは茹で上がったじゃがいもを潰して、他の野菜と合わせてマヨネーズと混ぜる！」

「マヨネーズ？」

ビオスさんが首を傾げた。

「マヨネーズ知らない？　白くて美味しいやつ」

どう説明していいか分からず、手であのチューブの形を表現してみる。

でもビオスさんはピンと来ていないようだ。

「いや、分からんな」

もしかしたら、この世界にはマヨネーズはないのかもしれないと思いつつ、私は言う。

「そうなんだ、確かあれは卵と油とお酢で作るってテレビでやってたけど……」

昔の記憶を辿るがちゃんとしたレシピは分からなかった。

すると、ビオスさんは不思議そうに呟く。

「卵と油とお酢？」

「あっ、これも油使うから駄目か！　いやでも、確か健康番組で油を使わないレシピをやっていたはず……」

「お、おいミラ、大丈夫か？」

考え込んでいた私を心配したのか、ビオスさんがオロオロと私の周りを回っていた。

その様子を見てハッとしながら言う。

「あっごめんね、大丈夫だよ。そうだ！　食材を見せてもらってもいい？　何か使えそうな物ないか見てくる」

「おお、いいぞ。気をつけてな」

ビオスさんはだっこして、私を椅子から下ろしてくれる。

「俺はじゃがいもを茹でているお湯を見てるからついて行けないけど、大丈夫か？」

「厨房の隣にあるんだよね？　大丈夫だよ、行ってくる！」

心配そうにチラチラとこっちを窺うビオスさんに手を振り、私は食料庫へと向かった。

食料庫に入ると、野菜などが大きな棚に乱雑に置かれているのが目に入った。

「あーあ、これじゃ何がどこにあるんだか分からないよ」

棚の上の方には手が届きそうにないので、下の棚を中心にあさり始める。

そのまま数分ほど探していると、大きな麻袋を見つけた。

「これ、なんだろ……」

麻袋はたくさん積まれている。

「うんしょ！」

そのひとつを思いっきり引っ張った。

すると上に積まれていた荷物がバランスを崩して頭めがけて落ちてきた。

「あっ」

私はその様子を見ながら、スローモーションの動画を眺めているような感覚になった。

私の人生また終わりかも……せっかく生まれ変わったのに、またあまり生きられずに死ぬのかな……

そんな事を考えていると、ジョンさん達の顔が走馬灯のように浮かんできた。

荷物は眼前にまで迫ってきている。

もう駄目だと目をつぶるが、大きな音はするものの痛みはなかった。

死んだ？

そっと目を開くと目の前は真っ白だった。

よく見るとそれはビオスさんのエプロンにも見える。

「ミラ、大丈夫か！」

ビオスさんは私に覆い被さるようにして、身を呈して落ちてくる荷物から私を守ってくれていた。

体を横に動かし、ビオスさんは体に乗っかった荷物を地面に落とす。

ガッシャーンという音が響き、ビオスさんは「うっ」と顔を歪めた。

背中に痛みが走るのか、腕を後ろに回している。

「ビオスさん……」

私が呟くと、ビオスさんは驚いた顔して私の顔を両手で挟む。

「ミラ、怪我したのか⁉」

私はブンブンと首を横に振る。

大丈夫だと言おうとするが、言葉が出なかった。

ビオスさんは慌てながらも、私を荷物が落ちる心配のない部屋の端へと連れてきてくれる。

「ミラ、どこが痛いんだ」

ビオスさんのおかげでどこにも怪我なんかしてない。平気だと言おうとしたら嗚咽が漏れた。

そして、喋ろうとした途端に涙がこぼれ落ちてしまった。

「ビ、ビオスさ〜ん！　ごめ〜ん」

ビオスさんの服にしがみつき泣きじゃくる。

「驚かせて悪かった。じゃがいもが茹で終わったから見に来たんだが、ミラは怪我してないか？」

あやすようにゆっくりと背中を撫でてくれる。

優しい言葉を聞いて気持ちが落ち着くと、コクンと頷いた。

「私は大丈夫、ビオスさんが守ってくれたから……それよりごめんなさい、私のせいで」

ビオスさんの腰を労るようにそっとさすった。

「なんだ、怪我ないのか。よかった」

ビオスさんはほっとしたのかドサッと地面に座り込んでしまった。

「いだっ！　あいたたた！」

その衝撃が腰の傷に響いたのか、呻き声を上げる。

腰をさすっているので、私も一生懸命に痛いところをさすった。

「ここ痛いの？　本当にごめんね」

「ミラのせいじゃないぞ、あんなに無造作に積んであるのが悪いんだ！　今度みんなに片付けさせるからな」

ビオスさんは笑って私の頭を撫でてくれた。

「おーい、なんか凄い音したけど大丈夫？」

すると、突如としてハーパーが厨房に繋がる扉から顔を出した。

この時間にここにいるという事は、ハーパーは仕事をサボったのだろう。

「ハーパー！　ビオスさんが大変なの！」

私はハーパーに駆け寄ると、手を引っ張ってビオスさんの元に連れていく。

「ビオスのおやじ、どうしたの？」

ハーパーは驚きながら、私とビオスさんを見つめた。

私は事情を説明する。

すると、それを聞いたハーパーは胸を撫で下ろした。

「ミラが傷つかなくてよかったよ。ビオスのおやじも見たところ大怪我はしてなさそうだし、休めば良くなるんじゃない？　それで駄目ならメイソンに診てもらいなよ」

ハーパーは地面に座るビオスさんの腰をポンと叩いた。

「おいやめろ！　痛むんだ——」

ビオスさんがハーパーを睨みつけて怒鳴るが、次の瞬間「アレ？」と腰に手を当てた。

その後、不思議そうな顔をしながら、ゆっくりと起き上がった。

「……なぜか、痛みがなくなっているな」

その様子を見て、私は首を傾げた。

「でもさっきはあんなに痛そうにしてたよね」

「あぁ、立てないと思うほど痛かったんだけどなぁ？」

ビオスさんは戸惑いながら、改めて腰をさすった。

「まぁ良くなったんならいいじゃん。もしかしたら僕が叩いたのが良かったのかも」

ハーパーは笑ってもう一度ビオスさんの腰を軽く叩いた。

「いだ！」

するとビオスさんはまた痛そうに腰を押さえる。

「もう、ハーパー何するの！　ビオスさん大丈夫？」

私はハーパーが叩いた場所をヨシヨシと優しく撫でる。

するとビオスさんの顔色が良くなってきた。

「ありがとうな、ミラが心配してくれるとなんか痛みがなくなる気がするよ」

ビオスさんは腰が無事なのをアピールするように、一人で歩き出す。

「んー？」

ハーパーはそんなビオスさんの様子をじっと見つめていた。

「いや、やっぱりビオスさんは食堂で休んでて！　私が代わりに料理頑張るから」

私はそう言って、倉庫から食材の入った袋を吟味（ぎんみ）する。

すると、ビオスさんは心配そうな口調で言う。

「ミ、ミラ、無理するな。これくらい平気だから」

「そうそう、この程度の怪我で死にゃあしないよ」

ハーパーがケラケラと笑っているが、私は言う。

「いいからビオスさんは安静にしてて。それにみんなに料理を作って待ってるって言ったから、私が頑張らないと」

すると、ビオスさんは少し考えてから答えた。

「……そこまで言うなら、一応休ませてもらうが、ハーパー、ミラをしっかりと見ていてくれよ」

ハーパーが軽く手を振ると、ビオスさんは部屋を後にした。

その後、私は見つけた食材を持ち上げようとする。

でも重くて持ち上がらなかったため、引きずりながら移動させる。

私が重い食材を引きずりながら運んでいると、ハーパーがため息をつきながら近寄ってきた。

「はぁ、仕方ない。少し手伝ってあげるよ」

ハーパーは軽々と私が運んでいた食材を持ち上げると、厨房へと運んでくれる。

私はそれについていった。

「ハーパーは凄いね、スラッとしてるのに力持ちだ」

「そりゃミラよりはな。で？　料理は何を作る予定だったの？」

「ポテトサラダを作ろうと思ってたんだけど、油が必要でさ」

「油か……ノア、どうする？」

ハーパーがそう言ってノアちゃんを見つめた。

「ノアちゃんがどうかしたの？」

私がハーパーの肩に止まっているノアちゃんを見ると、コクッと頷いた。

「ピー！」

そして急に鳴き声を上げる。

「ノアちゃんってこんな大きな声で鳴けるの!?」

鳴いてるところを一度も見た事がなかったので、驚いてしまった。

するとハーパーが言う。

「看守に見つからないよう、ノアはなるべく鳴かないようにしてるんだよ。ミラと同じで、看守にはノアの存在は隠してるからね」

「じゃあ今はなんで鳴いたの？　大丈夫？」

「ここのそばには誰もいなかったから大丈夫だよ」

ハーパーが笑うと、突如として目の前に瓶のようなものがポンッと出現した。

それはそのまま床に落ちる。

突然の事に驚きつつ、私は尋ねる。

「こ、これ何？　なんかいきなり出てきたように見えたけど」

「ノアに頼んで、収納ボックスにしまっていたものを出してもらったんだ」

「収納ボックス？」

私はカラーボックスみたいな物を想像して周囲を見るが、近くにそんなものは当然ない。

するとハーパーが笑って言う。

「異空間に物をしまっていたって事さ。ノアの魔法だね」

そう言えば前世で読んでいた小説にもそんなものが出てきた事があった。

私は納得したように頷き、ノアちゃんを見る。

「そんな事が出来るなんてノアちゃん凄い！　それに鳴き声可愛いね！」

私がそう言うと、ノアちゃんは恥ずかしそうにハーパーの髪に隠れる。

「ノア、何照れてるの？」

ハーパーがからかうように言うと、ノアちゃんは髪から少し顔を出し、ハーパーの顔をつついた。

「いたっ！　分かった、ごめんって！」

その様子を見て、クスクスと笑ってしまった。

すると、ハーパーが私にジト目を向けてくる。

「どうして笑ってるのさ？」

「二人ともすっごい仲良しだなって思ったの！　兄弟みたいだね！」

「兄弟……まぁあながち間違ってもいないかな？　生まれた時からずっと一緒にいるからね」

「へー！　いいなぁ～、私もお兄ちゃんとか弟、欲しかったなぁ」

前世も今世もひとりっ子の私は羨ましくなり、ハーパーを見つめる。

するとノアちゃんが飛び上がり、私の肩に止まった。

そして、スリスリと体を寄せてくる。

「ノアちゃん、もしかして私の弟になってくれるの？」

コクコクと頷くノアちゃん。

「ノアが弟ねぇ～」

ハーパーが私とノアちゃんを見比べて笑っている。

「嬉しい！　ノアちゃんが弟だとするとハーパーはお兄ちゃんだ！」

私は思わず笑顔になりハーパーを見つめる。

「お兄ちゃん？」

しかし、ハーパーは驚いたように目を見開いていた。

「ダメ……だった？」

調子に乗りすぎたと思い、シュンとする私。

すると、ハーパーはぶっきらぼうな感じで私の頭をガシガシと撫でた。

「しょ、しょうがないなぁ、他の奴なら許さないけどミラなら許してあげる」

「やった！　ハーパーお兄ちゃんよろしくね！」

喜んでハーパーに抱きつくと、ノアちゃんは嬉しそうにその周りを飛んでいる。

その様子を見て、私はハッとして言う。

「あっ、それじゃあノアちゃんはこれからノアって呼んでいい？」

するとノアちゃんは、頷いてハーパーの肩に止まった。

私が笑みを浮かべると、ハーパーが困ったように言う。

「わ、分かったから、それより料理するんでしょ？」

その言葉を聞いて、私は少し落ち着いてハーパーから離れた。

「そういえば、収納ボックスから何を出したの？」

「油だよ、欲しかったんでしょ？」

「えーー！」

ハーパーが地面に置かれた瓶の蓋を開く。そこには琥珀色の液体が入っていた。

「ほら、これ使いなよ。これで料理出来るだろ？」

そう言って、瓶を差し出すハーパー。でも私は首を横に振る。

「ダ、ダメだよ！　油って高価なんでしょ？　それはハーパーとノアのだもん！」

「油なんてノアがいればすぐに手に入るんだよ、だから大丈夫。他にも足らない食材があればノアが収納ボックスから出してくれるよ」

「ノア、本当にいいの？」

ノアはもちろんと言うように羽を広げた。

「それにミラは妹なんでしょ？　兄の物なら使っていいんだよ」

ハーパーが自信満々に胸を張った。

「じゃあノア、ハーパーお兄ちゃんありがとう」

私は感謝して二人にお礼を言った。

ハーパーが小さく微笑みながらボソッと何か呟く。

「ん？　ハーパー、何か言った？」

よく聞こえなくて聞き返す。

「なんでもないよ。それで、料理を作ってみてよ。茹でたじゃがいもはあるけど」

ハーパーの言う通り、コンロに置かれた鍋には大量のじゃがいもが入っている。

それを見て、私は言う。

「茹でたじゃがいもに油と言えば……」

「言えば？」

「コロッケ！」

「おいおい、ポテトサラダってのはどこいったの！」

ハーパーが肩透かしをくらってつっこんできた。

私は微笑みながら言う。

「それも作るから、じゃがいも料理だらけだね！」

「じゃがいもだらけか〜、正直食べ飽きてるけど、まぁミラが作ってくれるんだもんね。それで、その料理はどうやって作るの？」

ハーパーは肩を落とすが、少し楽しみにもしてくれてるようだ。

それを見て私は言う。

「じゃがいもを茹でて、潰して固めて油で揚げればいいんだと思う」

「思うって……作り方知ってるんだよね？」

私の説明にハーパーが不安そうに聞き返してきた。

私は頷く。

「前世の記憶で見た事はあるけど、作った事はないんだ」

「もしかして今から作るのって、ミラの前世の世界にある料理なの？」

「うん、そうだよ！」

「へー、そりゃ面白そうだ。よし、僕も手伝おう。最初はどうする？」

ハーパーは興味があるようで腕をまくった。

「じゃがいもは茹でてあるから、それをとりあえず潰そう！　って、重っ！」

鍋に手をかけてじゃがいもを取り出そうと思ったが、その重さにびっくりしてしまった。

するとハーパーは軽々と鍋を持つ。

「ここは僕がやるから、ミラは違う事やりな」

「でも……」

「いいから、ほら、ミラはこの棒でじゃがいもを潰してよ。熱いから気をつけな」

ハーパーがすりこぎとすり鉢（ばち）のようなものを持ってくると、皮をむいたじゃがいもをどんどん放り投げてきた。

「わっ！」

私は積もるじゃがいもに驚きながらもガシッガシッと頑張って芋を潰していく。

そして十分ほど経ち、全てのじゃがいもを潰し終わった。

「ふー、やっと終わった」

潰れたじゃがいもの固まりを見て、満足感を覚えつつ、汗をひと拭きする。

すると、ハーパーが言う。

「お疲れ。それで、この後はどうするの？」

「この潰れたじゃがいもを適当な大きさに整えて、小麦粉と卵とパン粉をまぶして油に入れるんだったかな？」

私がそう言うと、ハーパーは食料庫に行き、すぐに食材を抱えて帰ってくる。

「小麦粉はあったけど卵はなかったから、ノアに出してもらった。でもパン粉ってのは倉庫にはなかったな、どんなの？」

「あっ、それはパンを細かくすればいいだけだよ」

私がそう言うと、ハーパーは近くにあった硬いパンをナイフで削りながら細かくし始める。

その様子を見ながら私は、じゃがいもを平たいコロッケの形に成型していく。

そして衣をつけたのだが、大きさがバラバラでどこか不格好だった。

思っていたような形に出来ず、私は思わず呟く。

「うーん、形も悪いし、これで大丈夫かな」

「大丈夫、大丈夫、ちゃんとした食材を使ってるんだから、食べられないって事はないよ」

ハーパーは気にした様子もなく、鍋に油を入れた。

「でっ、これに入れればいいの？」

まだ温まっていない油にハーパーがコロッケを入れようとした。

「待って！　油を温めてから入れるの！」

「えっ」

そう言って止めるが、ハーパーの手からはコロッケのタネが落ちた。

私達は油に入ったタネを見つめる。それは静かに鍋の底に沈んでいた。

私は少し不安になりながら言う。

「ま、まぁこの後温めれば大丈夫かな？」

「そ、そうだよね」

ハーパーもそう言って油の鍋を火にかける。しばらくすると中のコロッケから泡が出てきた。

「温度上がったかな？」

私がそう言った瞬間、油がパチッとはねて私とハーパーに襲いかかってきた。

「熱っ！　ミラ離れて」

ハーパーが私を抱き上げて、鍋から遠くに離してくれた。

「危ないからここは僕がやる。ミラはそこから指示出して」

「だ、大丈夫？」

「このくらい大丈夫だよ」

ハーパーは熱くなった油にコロッケをいくつか入れるが、入れる度に油がポチャンとはねる。

その様子を見ながら、私は指示を出す。

「あんまり入れすぎない方がいいよ。それで茶色く色がつけば大丈夫だからお皿に上げてね」

「分かった」

ハーパーはじっとコロッケを見つめて茶色になるのを待っている。

うん、とりあえずは大丈夫そう。

「じゃあ私はポテトサラダ用のマヨネーズ作ろっかな」

そう言って、私はボウルを持ってくると、卵の黄身だけを入れていく。

そしてそこにさらに油とお酢を入れた。

「よく混ぜる！」

カシャカシャと混ぜるが、中々上手くいかない。

「あれ、分離してる……？」

私が思わず呟くと、ノアが心配そうに隣に飛んできた。

「あっノア、これ、本当は綺麗に混ざって白っぽくなるはずなんだよ。テレビで見てた時は簡単そうだったのに」

しょんぼりしていると、ノアが励ますように私の頬に体を擦りつけてくる。

「ノアありがとう〜、もう一回やりたいけど、これもったいないしな〜」

「ピッ！」

ノアが小さく鳴くと風がどこからか吹いてきて、ボウルに入ったマヨネーズもどきがグルグルと回り出した。

「えっ！」

驚いてボウルを見ていると、黄身とお酢と油はみるみると混ざっていく。

そしてすぐに白くもったりした感じになった。

私はそれを指で取ると、ペロッと舐める。

「マ、マヨネーズだ！　あっ、でも少し薄いかも……塩とか入れるのかな？」

私はパラパラとあとから塩をふりかける。

そして再度味見をしてみるが、市販のマヨネーズに比べると何か足りない気がする。

「うーん、まぁ、最初だしこんなもんかな。ノアも食べてみる？」

さっき舐めたのとは違う指でマヨネーズを少し取ってノアに差し出す。

するとノアは、つんつんとくちばしでつついて口に含みだす。

そして大きな鳴き声を上げた。

「ピィ～!!」

「ノ、ノア！　どうしたの？」

明らかに様子のおかしなノアにびっくりすると、ハーパーがこちらに声をかけてくる。

「どうしたー？」

「なんかノアの様子がおかしいの！」

私はノアを優しく掴むと、急いでハーパーのところに連れていった。

「待って！　ミラ達はそこまでだよ、ここに近づいちゃ駄目」

ハーパーは油のそばに来ないように私を制止する。

そして、今揚げてる分のコロッケを皿に取ると、火を止めた。

「で、ノア、どうした？」

ハーパーが話しかけると、ノアは興奮したように私達の周りを飛んでいる。

私には分からないがハーパーはノアの言っている事が分かるみたいで、時折頷き相槌(あいづち)を打っている。

そして、ハーパーは私の方を向いた。

「なんかマヨネーズが美味かったって」

「えっ？　それだけであんなに騒いでたの？」

私はガクッと肩を落とすと、ハーパーが言う。

「僕にも一口ちょうだい」

「でも失敗作だよ、思ってた感じに出来なかったの」

「それでもいい」と言って、ハーパーは口を開けた。

その様子を見て、私はマヨネーズの入ったボウルを持ってくる。

そしてスプーンでマヨネーズをちょっとすくうと、それをハーパーの口に運んだ。

ハーパーは味わうようにスプーンを舐めると顔を輝かせる。

「うっま！　何これ、これだけで全然食べられるんだけど」

「そこまでかな？　本当はもう少しちゃんと作りたかったんだけど」

私も改めて舐めるが、やっぱり納得いかないでいた。

「いやいや、十分美味しいよ」

ハーパーはもう一口といった様子で、再度マヨネーズを舐めている。

「そ、そう？　ならこのままじゃがいもに混ぜちゃうね。あとは他の野菜も一緒に入れればポテトサラダになるよ」

「なんかあんまり期待してなかったけど、ちょっと楽しみになってきたな。このコロッケも美味いのかな」

ハーパーは皿に取った熱々のコロッケをじっと見つめた。

「全部揚がったら、温度が上がる前に入れちゃったの食べてみよっか？」

「そうだな、失敗したの出せないし」

ハーパーはそう言うと、せっせと他のコロッケも揚げだした。

最初に比べれば手つきが慣れていたので、私は安心してポテトサラダを作る。

そしてポテトサラダが出来上がると、ビオスさんのいる食堂に行った。

食堂の椅子に腰かけるビオスさんに声をかける。

「ビオスさん大丈夫？」

「ああ、ミラ、大丈夫だ。そっちはどうだ？　もう出来たのか？　なんかさっきから香ばしい、いい匂いがするな」

「うん、ハーパーが油をくれたからそれでコロッケを揚げているの。出来たら持ってくるね。あと、ポテトサラダも作ったんだ。味見してくれる？」

そう言って、私はポテトサラダの載った皿を渡す。

するとビオスさんは腰を曲げてポテトサラダをじっくりと見た。

「どれ」

「腰は痛くない？」

「大丈夫だ。それより、これはじゃがいもをすり潰したものか？　にしてはねっとりしてるが……」

そう言ってビオスさんはポテトサラダを口に運ぶ。

すると、先程のハーパーと同じように、目を輝かせた。

「ん！　この酸味、美味いぞ、ミラ！」

「本当に？　もう少し塩味があった方がよくないかな？」

「いや十分だ、これは何で味つけしたんだ？」

「マヨネーズだよ。卵の黄身と油とお酢と塩で作るんだ。でも混ぜる時失敗して上手く出来なかったの。そしたらノアが手伝ってくれたんだ」

「ノアってハーパーの近くにいるあの鳥か？　何を手伝うんだ」

ビオスさんはそう言って首を傾げた。

あっ、そう言えば、魔法の事は話していいのかな。

「えっと、とりあえず美味しいならよかった！　じゃあまた料理を続けてくるね」

言っていいのか分からないので、私は話を切り上げて厨房へと戻った。

そのままハーパーとノアと一緒に料理を続け、気がつけば料理は全て出来上がっていた。

これだけ作れば、囚人のみんなも満足してくれるだろう。

料理がズラッと並んだ厨房で、私はハーパーとノアに頭を下げる。

「ハーパーとノア、ありがとう、結局かなり手伝ってもらっちゃったね」

「別に自分が好きでやっただけだから、気にしないでよ」

ハーパーは照れた顔を見せないためか、私の頭をそっと撫でて下を向かせた。

優しく撫でられた頭が、なんだか妙にむず痒くて温かい。

私は顔を上げて言う。

「今のハーパー、お兄ちゃんっぽいね」

「はっ？」

ハーパーは何か言おうとするが、私があまりにニコニコしていたせいか、ため息をついて言う。

「……いつでも助けてあげるから、何かあったらすぐに言うんだよ」

「うん！」

いつもは面倒くさがりなハーパーが、この時は優しく頼れるお兄ちゃんに見えた。

そして私達は調理に使った食器などの片付けを始めた。

すると、食堂の奥から、囚人達の足音が聞こえてくる。

「みんな帰ってきたのか？　今日はやけに早いな」

ハーパーがそう言ったのと同時に、食堂のドアが開いた。

「俺が一番だ！」

「待て！　俺が先だ！　そのために仕事を速攻で片付けて来たんだ！」

囚人達は競うように私達の元に駆けつけた。あっという間に厨房の前に人だかりができる。

「お前ら！　いつものようにちゃんと並べ！」

ハーパーが怒鳴るが、みんなは譲る気がないのか我先にといった様子で厨房に迫って来る。

あまりの迫力に私は少し怖くなって、後ろに下がった。

すると、突如としてドアの向こうから、複数の看守の声が聞こえてくる。

「おい、うるさいぞ！」

「なんの騒ぎだ！」

「やばい！　ミラ、ノアと一緒に裏に隠れて！」

ハーパーはそう言って、私を食料庫へと連れていってくれた。

◆

ミラが隠れたのと同時に、看守達が数人、警棒を手に食堂の中に入ってきた。

そして囚人達に睨みをきかせる。

「すみません、こいつらいつもより飯が豪華だから調子に乗ってしまって。ほら、いつものように並んでよ、このご飯が食えなくなってもいいの？」

ハーパーが看守に謝りながら囚人達に声をかける。

囚人達はミラのご飯が食べられなくなると思い、ハッとする。

「す、すみません！　すぐに並び直します」

「お騒がせして申し訳ないです」

囚人達はさっきまでの騒ぎが嘘のように大人しくなると、ピシッと一列に並び直した。

「なんだよ、やれば出来るじゃねぇか。いつもそうしてろよ」

看守の一人は気持ち悪いほど素直な囚人達に少し引きながら、厨房の方に歩きだす。

「まったく、飯程度でよくそんなに興奮出来るよな」

看守はそう言って、厨房の中に入る。

そしてそこにあった料理を見つけると、首を傾げた。

「これ、なんて料理だ？」

看守は少し興味が湧いてしまったようで、コロッケに手を伸ばした。

「あっ」

ハーパーは思わず声が漏れてしまった。

「なんだ、文句でもあるのか？」

看守はハーパーを睨むとコロッケを掴んだ。

「匂いはまずまずだな。だがこの形、ちょっと手抜きすぎないか、大きさがバラバラじゃねぇか！」

看守が笑いながらコロッケを一口食べると、サクッという音が響いた。

すると、その看守の動きが止まる。

仲間の看守達が笑いながら近づいて来た。

「なんだ、固まって、そんなに不味いのか？」

「おいおい、囚人の飯なんか食うなよ」

そう言われても、コロッケを食べた看守は動きを止めたままだ。

「お、おい！　まさか毒か？」

看守達が駆け寄ったのと同時に、コロッケを食べた看守は呟く。

「う、美味い」

「はぁ？」

そう言って、看守は持っていた残りのコロッケを口に入れた。

幸せそうに目を瞑り口をモグモグと動かす姿を見て、他の看守達の喉がゴクリとなった。

「お、俺も一つ食べてみるかな」

別の看守も思わず手を伸ばしてコロッケを掴むと少しかじった。

サクッとした食感の後に、ホクホクと柔らかくて甘い芋の風味が口に広がる。

「なんだこれ！　すげぇ美味いな！」

たまらずもう一個と手を伸ばそうとするも、ハーパーがコロッケの皿を遠ざけた。

「すみません、これは囚人達の飯なのでもう勘弁してください。一応、ここにある限られた食材で作ってますのでこれは僕達の物ですよね？」

ハーパーがこめかみをピクピクさせながら精一杯笑っている。

その言葉を聞いた看守の手が一瞬止まった。

「うるさい！　別に一つくらいいいだろうが！」

看守はハーパーの言葉を無視し、違う皿に置かれたコロッケを掴んだ。

「そもそも、お前らはこんな美味いもん食わなくていいんだよ！　今度からは一度作った料理は俺達に持ってこい」

「はぁ？　なんでだよ、僕達の飯がなくなるだろうが……」

ハーパーが看守に聞こえないようにボソッと呟いた。

コロッケの隣のポテトサラダにも目をつける。

「おい、そっちの白いのも寄越せ」

看守の好き勝手な行動にお預けを食らっていた囚人達から文句が出た。

「おい！　早くしろよ。こっちは腹減ってんだ」

「そうだ！　ちゃんと並んでるんだ。問題ないだろ！」

「ああ、もういいや。さっさと料理取ろうぜ！」

先頭にいた囚人が厨房に入ると、次々と囚人達が厨房に押しかける。

そして料理に手を伸ばして自分の分をトレーに載せていく。

看守はすぐに後ろに追いやられた。

「おい、ミラちゃんは？」

囚人の一人が看守に聞こえないように小さな声でハーパーに尋ねた。

「食料庫に隠れてる。看守の奴ら、早いとこ出て行けよな。料理まで食いやがって」

「おい、この料理、余りはあるのか？」

どんどん無くなる料理を見て、看守がソワソワしながら声を発した。

「こいつらまだ食う気か？」

不快に思ったハーパーは、思わずボソッと呟いた。

看守は不機嫌そうにハーパーを睨みつける。

「なんだその顔は？」

「いえ、それより、この料理は余りません。囚人達の人数を考えて作ってますから。ですので先程僕達の分を食べた件は、きっちりとあなた方の上司に報告させてもらいますから」

「ふざけんな！　毒味……そう！　毒味をしてやっただけだろうが！」

看守はバンッと机を叩くが、ハーパーは落ち着いた口調で言う。

「ここは囚人達が飯を食べるところですから、毒なんて入る訳ありませんよ。それとも、まさか囚人の飯が気に入ったとかですか？　看守なら普段からこれより良いものを食べているんですよね？」

ハーパーの言葉を聞き、看守は戸惑いながら言う。

「当たり前だ！　俺達の方が良いもん食ってるに決まってるだろうが……なぁ？」

看守は仲間を見ると、彼らは気まずそうに目を逸らしながら曖昧に返事をする。

「ま、まぁ」

「ほ、ほら行くぞ！　こんな飯に興味はない！」

看守達はそう言って食堂を後にした。

その様子を囚人達は冷ややかな目で見送る。

そして看守の姿が見えなくなると一斉に喋りだした。

「くそ！　あいつら、なんだってこんな時に限って来るんだよ！」

「お前らが騒ぐからだろ、あぁせっかくのミラちゃんのご飯なのに」

「しかしハーパー、お前ちょっと不味くないか、看守に目をつけられたんじゃゃ？」

囚人の一人が心配した様子でハーパーを見るが、彼は気にした様子もなく笑う。

「気にしなくていいさ。それよりミラのご飯はもう食べた？」

「いや、まだだ」

その言葉を聞き、ハーパーは囚人達に食事を配っていく。

そして、全員に食事がいきわたったのと同時に、囚人達が料理を食べだした。

「美味い！　なんだこの料理！」

「これは看守達が居座るのも分かるわ。外にいた時でさえこんな美味いもん食った事ねぇよ！」

「ミラちゃんが手伝ったと思うとさらに美味く感じるな！」

囚人達はあまりの美味しさに手が止まらない様子だった。

それを見ながら、ハーパーは自慢げに胸を張る。

「それ、ビオスのおやじが腰痛めたから、ミラと僕が作ったんだ」

「二人で作ったのかよ、すげえな！」

「ミラちゃんが指を切るとかはなかったよな？」

囚人達の言葉を聞き、今度は食堂にいたビオスが口を開く。

「それはないが、食料庫でミラが怪我しそうになったらしい。お前ら、あそこの整理整頓をこれからはしっかりやれよ」

「わ、分かった」

囚人達は神妙に頷く。

「それでミラちゃんは今大丈夫なのかよ」

「おっと、そうだった」

ハーパーはそう言って、食料庫に向かう。

「ミラ、ノア、どこだ？」

声をかけるとノアが姿を現す。

ノアの元へ向かうと、そこには小さな箱があった。

ハーパーは箱の蓋をそっと開けた。

「ははっ」

そこには、スヤスヤと眠るミラの姿があった。

「頑張ったからな、疲れたんだろ」

ハーパーは起こさないように優しくミラを撫でた。

すると、後ろからビオスがやって来る。

「ミラはどうしたんだ！」

「疲れて寝ちゃったみたい。もう少ししたらジョンが引き取りに来るだろうから、それまで様子を見ててくれる？　僕もご飯を食べてくるよ」

「おお！　もちろんだ」

ビオスは嬉しそうにしながらミラの横に座った。

閑話

メアリー様の子供が生きているかもしれない。

その事を聞いた私――イーサンは外部から収容所の環境を良くするべく動いていた。

分かっていた事だが、調べれば調べるほどあそこの看守は酷いものだった。

もしメアリー様の子供があの収容所にいたとしても、看守に見つかったらどうなるか分からない。

そもそも、あそこにいる人々が罪人だとしても、看守に不当に扱われていい訳がない。

いくら罪人であろうと、正しいルールのもとで罰せられるべきだ。

メアリー様も、きっと理不尽な目に遭ったのだろう。

その事に悔しさを感じつつ、私は昔お世話になった人を訪ねる事にした。

その方は貴族ではあるが人格者で、メアリー様の事も気にかけてくださっていた。

私は彼にメアリー様が収容所で酷い目に遭った可能性が高い事を話した。

そして、少しでも収容所の環境を改善出来ないかと相談した。

すると、私の言葉を聞いた彼が頷く。

「あの収容所の環境を改善したいなら、いい方法がある」

「いい方法……ですか？」

「あそこは一応国の機関だから、看守長だけは国の役人が出向する形になっているんだ。その看守長に、私の知り合いを推薦（すいせん）しておこう。彼は誠実な人間だから、あの収容所も変わるだろう」

「あ、ありがとうございます！　ちなみにその方のお名前は？」

私は、その人の名前を聞いて驚いた。

推薦される人物というのは、私が執事の学校にいた際の旧友、ケイジだったのだ。

彼は確かに真面目な人物だったと記憶しているが、こんなところで名前を聞くとは。

私は驚愕しつつも、貴族の方に改めて感謝を伝えたのだった。


後日、私は久しぶりにケイジを飲みに誘った。

彼は私の事を覚えていてくれて、昔話に花が咲いた。

ケイジにメアリー様の事を話すと、彼も仕えた方を過去に亡くされた事があるらしく、共感してくれた。

ケイジはその経験があったため、執事をやめ、国に勤めるようになったらしい。

そして彼は、あの収容所の環境改善を約束してくれたのだ。

私がケイジに頭を下げると、彼は小さく微笑んだ。

その後、雑談をしていると、ケイジは思い出したように言う。

「そういえば、あの収容所の噂を知っているかい？」

「え？」

言葉の真意が分からずに何も言えずにいると、ケイジは続ける。

「実はあの収容所には子供の幽霊が出るらしいんだ。私は何度かあの施設に視察に行った事があるんだが、その時に幽霊らしきものを見てしまってね」

「それは本当か！」

私は思わず立ち上がる。

「その子は囚人達のいる牢に消えていったんだよ。あの時は気のせいかと思ったが、どうやら看守達も見た事があるらしくてね」

「その子はどんな姿だった？」

「メアリー様と同じ薄紫色の髪の毛がチラッと見えた」

間違いない！　メアリー様の子だ！

私はその話を聞き、メアリー様の子が生きていると確信した。

六　不安

俺――ジョンは仕事を終え、食堂へと向かっていた。

その途中で、ローガン、メイソンとも出会ったので、三人で移動する。

すると、食堂付近が何やらうるさい事に気がついた。

「一体なんの騒ぎでしょう」

ローガンの呟きを聞き、俺はハッとする。

「ミラに何かあったのか？」

「何⁉　急いで見に行きましょう！」

そう言って、俺達三人は走って食堂に入る。

囚人達は厨房の前で集まっていた。その間を抜け、厨房の近くへ行く。

すると、俺の顔を見た囚人達は道を空けてくれた。

そして中に入ると、そこには怯えた様子のミラがビオスにくっついて震えていた。

ミラは俺達を見ると泣きそうな顔で駆け寄ってきた。

「わぁ～、ジョンさん！」

「どうした？　何があったんだ」

ミラを抱き上げると、彼女の目から涙が溢れ出した。

「ハーパーが、ハーパーが！」

ミラは気持ちが昂っているようで、そう言ってまた嗚咽を漏らす。

このままではミラは上手く説明出来ないと思い、ビオスに話を聞く事にした。

その説明によると、ミラとハーパーが一緒に料理を作ったのだが、やって来た看守に絡まれたらしい。

その看守はハーパーが追い返したのだが、その後、今度は大量の看守が、俺にも飯を食わせろと言って食堂に押し寄せてきたとの事。

その説明を聞き、ローガンは嫌悪感に満ちた声で言う。

「看守共め……どこまでも卑しい奴らだ、囚人の飯にたかるなんて……」

「でも、それとハーパーに何の関係があるんだ？」

メイソンの問いにビオスが答える。

「看守達は飯を食った後、これを作ったのは誰だって聞いてきたんだ。それでハーパーが自分だって言ったら、あいつは適当な理由をつけて看守に連れていかれたんだ」

「なんだと!?」

「おそらく看守達は、よほどあの飯が気に入ったんだろうな。ハーパーに作らせるつもりだろう。

もしあいつがそれに逆らったら……」

ビオスがそこまで言ったところで、落ち着きを取り戻したミラが口を開く。

「どうしよう、私のせいだ。私がご飯なんて作ったから……」

ミラは俺の腕の中で小さく震えていた。

俺は言い聞かせるように言う。

「ミラのせいじゃない、ハーパーだってそんな事は絶対思ってないぞ。悪いのは俺達を言う事を聞く道具としか思ってない看守だ！」

その言葉を聞き、ミラは少し考えた後に言う。

「……料理は私が作ったって言う？　そしたらハーパーはすぐ帰ってくるでしょう？」

「「駄目だ！」」

俺とメイソンとローガンは同時に声を出した。

「そんなのハーパーだって許しませんよ。しかしこれはチャンスかもしれません。ハーパーには少し我慢してもらいましょう」

そう言って、ローガンは不敵に笑った。

俺は尋ねる。

「おい、どうするつもりだ」

「今まで下手（したて）に出ていてあげましたが、ここで一気に馬鹿共を一掃（いっそう）するのもいいかもと思いましてね」

言っている事は分からないが、とにかくこいつには何か策があるようだ。

◆

囚人に囲まれながら、僕――ハーパーは収容所の中を歩いていた。

「サッサと歩け！」

看守に怒鳴られ、わざとらしい声で僕は答える。

「お前らの魂胆(こんたん)なんて分かってんだよ！　どうせ僕にあの料理を作らせたいんだろ？」

「な、何を言っている⁉　お前の態度が悪いから、指導してやると言っているんだ！　ま、まぁさっきの飯を作ると言うなら、今回は見逃してやってもいいがな」

看守は僕の態度をチラチラと窺いながら言った。

僕は吐き捨てるように言う。

「本音が出やがった！　誰が作るかよ。さっさと独房にでも入れろよ」

すると看守の顔が怒りで赤く染まった。

その後、手に持っていた警棒で顔を思いっきり殴ってくる。

「調子に乗るなよ、お前は独房行きだ！」

看守はそう言って、地面に倒れた僕の顔に唾を吐き捨てたのだった。

◆

翌日、ハーパーが独房に入ったという噂が、私——ミラの耳に届いてきた。

「ジョンさんどうしよう、ハーパーが……」

私はジョンさんの部屋で、彼に抱きついた。

ジョンさんは慰めるように背中を優しく撫でてくれる。

「大丈夫だ、ああ見えてハーパーは強いぞ。それに、ローガンも策を考えているようだしな!」

ジョンさんがそう言って笑うが、ハーパーの事を思うと胸が苦しい。

結局、私の気分は晴れなかった。

◆

ハーパーが独房に入れられて数日がたった。

「おいローガン! ハーパーはどうにかならねぇのか!」

俺——ジョンはたまらずにローガンの仕事場へやって来ていた。

「どうしましたか？」

ローガンは忙しそうに仕事をしながら、俺をちらっと見る。

「ミラがハーパーの事を気にして、全然飯を食わないんだ！」

ミラと聞いてローガンの顔色が変わった。

「あなたはちゃんとミラのせいではないと説明したのですか⁉」

「言ったさ、でもミラは自分のせいだと思い込んでる。あんな料理を作ったからって言ってるんだ」

「ミラがそんなに気にしてしまっているとは……やはり優しい子だ」

その言葉を聞き、俺は思わずずっと思っていた事を口に出してしまう。

「優しい……か。やっぱり……ミラはこんな酷い環境にいるべきじゃないよな」

ローガンはハッとして俺を見るが、口を開く事はない。

俺はそのまま続ける。

「最初はメアリーへの恩からミラを育ててきた。でも今はメアリーの子だからとかじゃなく、ミラだから大切にしてやりたいと思ってる。お前もそうだよな」

「もちろんです」

「ミラは可愛い、ずっとその成長をそばで見てやりたいと思っているけど……それはミラにとって幸せじゃねえ。あの子は外で普通に生活して普通に幸せになるべき子だ」

「でも、どうやってここから出すんですか。それに、外の世界にあの子の知り合いはいない。子供一人でここから出たとして、暮らして行けるとは思えません」

「ならずっとここにいさせるってのかよ！」

「そういう事を言ってるんじゃない！」

ローガンが大声を出した。

「行き当たりばったりの作戦ではミラを危険にさらすだけです。慎重に事を進めるべきだと言ってるんです」

「それは、そうだが……」

俺が言葉を漏らすと、ローガンは続ける。

「ちなみに、ミラに今の話をした事は？」

「一度外の世界に行きたいかって聞いた事がある。でもミラは……外の世界は気になるが、俺達と離れるくらいなら出たくないと言っていた」

俺はその言葉を聞いてホッとしたけど、同時にこれでいいのかとずっと思っていたんだ。

すると、俺の言葉を聞いたローガンは言う。

「それなら、ミラにこの話は言わない方がいい。でも、ミラの将来についてはなるべく早く考えましょう。外に出るなら、早い方がいいに決まっている」

俺は黙って頷いた。

ミラと離れるのは当然辛い。それはみんな同じだろう。でもそれ以上にあの子には幸せになって欲しい。

するとロー、ローガンが話を切り替えるように言う。

「話がズレました。今はミラを元気づける方法ですよね」

「そうだ！　何か考えはないか⁉」

「ハーパーを独房から出すしかないでしょう……以前にも言いましたが、私には策があります。それに、もしかしたらミラを外に出す助けにもなるかも……」

「どういう事だ！」

「まだ確かな事は言えません。とりあえずはミラの様子を見に行きましょう」

そう言って、俺はローガンと共にミラの元に向かった。

俺の部屋に辿り着き、ミラ用の隠しベッドを見る。

すると、そこでミラは悲し気な表情で丸くなっていた。

「ミラ、どうしましたか？　あなたに元気がないと言って、ジョンが心配していましたよ」

ローガンはミラを抱き上げると、そっと自分の膝に乗せる。

「ローガンさん……ハーパーっていつ帰ってくるの？　看守に酷い事されてないかな」

ミラは眉を下げてローガンを見上げる、普段はぷっくりとしている頬は、少し痩せているように見えた。

「ミラは優しいですね。看守達の乱暴な振る舞いなどいつもの事です。ハーパーもそれは分かっていますし、ミラが気にする事は何もないのですよ」

ローガンが優しく言うがミラの表情は冴えない。

「でも……」

「では、ミラ。またご飯を作っていただけませんか？　以前作ったという、ミラの前世の記憶にあるご飯を」

ローガンがミラの頭をちょんちょんと触ると、ミラは不安そうな顔をする。

「また誰か捕まっちゃうから、やだ」

ミラはブンブンと首を振ると、顔を隠して蹲ってしまった。

「いいえ、今回は看守達に作るんです。もし彼らを満足させられたら、ハーパーはきっと出てくるでしょう」

ローガンがそう言うとミラが顔を上げた。

「本当に？　どうして？」

「彼らはミラの作った料理を、ハーパーが作った料理だと思っているのです。それが他の囚人にも作れると分かれば、わざわざハーパーを捕まえておく意味がなくなるでしょう？」

ローガンが笑顔で言うが、ミラはまだ不安そうだった。

「もし看守が満足しなかったら？」

「大丈夫、ミラなら出来ると信じています。ビオスの腰も問題なかったようですから、二人で美味しい料理を作って看守を唸らせてください」

「そうすればハーパーが帰ってくる？」

ローガンは「はい」と言って頷いた。

「分かった、やる！　私、美味しいご飯作ってハーパーを出してみせる」

勢いよく立ち上がり、拳を力強く握るミラ。

それを見て、ローガンは嬉しそうに微笑んだ。

その様子にミラは気がつくと、ローガンにそっと抱きついた。

「ローガンさん、ありがとうございます。心配かけてごめんなさい」

「いえ……」

ローガンはどこか泣きそうな顔で笑っていた。

◆

翌日のお昼過ぎ、私——ミラはローガンさんとジョンさんに連れられ、ビオスさんの元へ向かった。

今は本来仕事時間で、ビオスさんは厨房で夕飯の仕込みをしているんだとか。

いつものようにカートに隠れ、厨房にたどり着く。

そしてカートから飛び出ると、険しい顔で料理をしていたビオスさんが駆け寄ってきた。

「ミラ！　大丈夫か？」

ビオスさんが心配そうな顔で私の顔を両手で掴む。

「うん、ビオスさんも迷惑かけてごめんなさい」

窺うようにビオスさんを見つめる。

「お前はこんなに小さいのに、他人を気にするんだな」

ビオスさんは優しく笑うと、私の体をそっと抱きしめた。

「俺やハーパーの心配よりも自分の事を考えろ、お前はまだ子供なんだよ。もっと俺達に迷惑かけていいんだ」

ビオスさんの苦しそうな顔を見て「ごめん」と呟き背中を撫でた。

「ふふ、これではどちらが慰められているか分かりませんね」

その様子を眺めてローガンさんが笑っている。

「こいつめ……」

ビオスさんは私から手を放し、ローガンさんを睨んだ。

「ビオスさん、美味しいご飯を作ったらハーパーが出てこられるかもしれないんだって」

私はそう言って、ローガンさんから聞いた話をビオスさんにも伝える。

「――だから手伝って欲しいの。私は知識はあるけど作るのは苦手で、だからビオスさんに作って欲しい」

私が頭を下げると、ビオスさんは胸を叩いた。

「もちろんだ！　美味い料理を作って看守共を驚かせてやろうぜ」

「おー！」

私はそう言って、拳を振り上げた。

「可愛いミラが拳を突き出すなんて……」

「ビオス、一緒に料理を作るのはいいですが、ミラに乱暴な言葉を教えないでくださいよ」

ジョンさんはショックを受けた顔をして沈んでいるし、ローガンさんは不安そうに私達を交互に見ている。

私が大丈夫だと説得すると、二人は仕方なさそうに仕事に戻っていった。


私はビオスさんと二人で、厨房にいた。

「よし、邪魔な奴らがいなくなったな。じゃあ何を作る？　またじゃがいもを使うのか？」

ビオスさんはそう言ってじゃがいもを取りだした。

私は首を横に振る。

「色々作ろうと思ってるけど、今日はとりあえずじゃがいもは使わない予定。確か、小麦粉がたくさんあったよね？」

「ああ、あるぞ」

ビオスさんが近くの袋を持ち上げようとした。

私は咄嗟に口を開く。

「待って、ビオスさん！　重いものを持ち上げる時は腕だけで上げないで、膝を曲げて体全体で持ち上げるといいよ」

確か前世の病院にいた看護師さんがそう言ってた気がする。

すると、ビオスさんは私のアドバイス通りに袋を持ち上げる。

「こうか？　おお！　こりゃ腰が楽だ！」

「これからは重いものを持つ時は気をつけてね！」

「ああ、分かった」

そう言って、ビオスさんは小麦粉の入った袋を運ぶ。

そして、私のそばにドスンと置いた。

「で、これで何を作るんだ？」

「うんとね、まずは美味しいパンを焼こうと思ってるの」

「パンはもうあるぞ？」

ビオスさんはいつも食べている硬いパンを持ち上げた。

私は首を横に振る。

「それって硬いでしょ？　これから作るのは柔らかいふわふわのパン！」

「ふわふわ？　パンってのは硬いもんだろ？」

「柔らかいのも美味しいよ」

私は前世で食べたパンを思い出しつつ言った。

そして、そのままビオスさんと一緒に、覚えてる限りのパンの材料を用意する。

そして全てが集まった所で、私は口を開く。

「パンが硬くなる理由は色々あるんだけど、水分が少ないっていうのがその一つなんだって。だから水分量を細かく計りながら作ってみようと思うんだ」

前世で隣のベッドにいた、パン作りが趣味のお姉さんが教えてくれた話だ。

「分かった。ミラの思うようにやってみよう」

ビオスさんは力強く頷いてくれた。

そして、小麦粉をこね、生地を作り出す。

ちなみにこの世界にはイースト菌なんてものはない。

だから素手で小麦粉をこねて放置して、自然に発酵(はっこう)した生地を作り、それを普通の生地と混ぜて膨らませるんだって。

この自然に発酵した生地は備蓄があったので、それを使っている。

そうしてビオスさんが生地をこね終えると、私は言う。

「あと、発酵が足りないのもパンが硬くなる理由らしい。温かい場所でしっかりと発酵させるようにしよう」

「ならここはどうだ？　火が近いから、ちょっと暑いんだよ」

ビオスさんは厨房のコンロのそばを指さした。

「いいね、あとは湿度も大事みたいだから生地が乾かないように水をふきかけるといいと思う」

そんな感じで私とビオスさんは試行錯誤しながらパン作りを続ける。

何度も失敗しながらもパンを焼き続けた。


パンを焼き始めてから数時間が経ったころ、ついに私は納得出来るパンを作る事に成功した。

「出来た！　これだよ！」

焼き上がったきつね色のパンからは湯気が上がっていて、見るからにフワフワだった。

「作ってる最中に試食したやつも十分いい出来に感じたが、こりゃ美味そうだな。最初の硬いパンなんかもう食えねぇぞ」

ビオスさんは山ほど出来た試作品のパンをひとつ掴むと、両手でちぎった。

「大げさだなぁ、硬いパンだって料理次第では美味しくなるよ」

そう言うとビオスさんはホッとしたように言う。

「そうか、ならこの試作も無駄にはならないな」

「もちろんだよ！　全部ちゃんと使うよ」

「まぁここの連中は、ミラが作ったと言えばパンだけでも喜んで食うかもしれないがな」

「何も調理しないで出す訳にはいかないよ。あ、あと、ビオスさん、このパンのレシピをしっかりと保存しておいてね」

「おう！　これでいつでもこのパンが焼けるな！　看守に出す時は焼きたてを出そう！」

ビオスさんの言葉に頷いて、私は続ける。

「さてと、残ったパンはどうしようかなぁ～、みんなは甘い物とかは好きかな？」

私が質問するとビオスさんはいい笑顔で頷いた。

それを見て、私は作るメニューを決めた。


「ん？　なんだこの匂い。美味そうだけど……」

夜、仕事が終わった囚人達はそんな事を言いながら、食堂の扉を開く。

「おかえりなさい！」

私が挨拶すると、みんなは笑顔になる。

そして、厨房の近くにやってきた。

「ミラちゃん、どうしたの！」

「え、ミラちゃんがいるのか！」

「今日のご飯も手伝ったんだ。みんなは甘い料理は嫌かなぁ？　ビオスさんはなんでも大丈夫だって言ってたんだけど……」

　そう聞くと、みんなは笑顔で何度も頷いた。

「俺達なんでも食べるから大丈夫だよ。ミラちゃんが作ったんなら美味しいだろうなぁ～、楽しみだ！」

「そうだな！」

　みんなは喜んで料理を取りに向かった。

「実際に作ったのはほぼビオスさんなんだけど……まぁいっか」

　行ってしまったみんなにその事は伝えずに、次々に来る人達にも同じように声をかけた。

　みんなは厨房前のカウンターに並んでいる皿を手に取り、首を傾げている。

「これはなんだ？」

「これは、パンプディングだ」

　ビオスさんが囚人達に説明する。

「プデェ……ング？」

「プディング！　まぁパンのデザートみたいなもんかな。食ってみろ、美味いぞ」

ビオスさんがニヤリと頷く。

「ビオスはもう食ったのか?」

「ああ、味見がてらミラと食った。早く食ってみろよ。驚くぞ」

自信満々のビオスさんに囚人達も料理が楽しみになる。

「じゃ、こっちは?」

「これはパングラタンだ」

「パングラタン? 匂いも色も美味そうだけど、またパンなのか?」

「今日は全部パン尽くしなんだよ。ミラが作ったんだからな、文句あるなら食うな!」

ビオスさんが睨みをきかせる。

「分かってるよ、ミラちゃんが一生懸命作ったもんなら文句は言わねぇよ。たとえ不味くてもな!」

「馬鹿だなぁ、それが全部美味いんだよ。しかもどれも味が違うしな、本当にあいつは大したもんだ」

ビオスさんは誇らしそうに出来上がった料理をドンドン配っていった。

◆

囚人達が食事を始める直前、甘い匂いに誘われて、看守達がまた食堂の様子を見に来た。

しかし今回は外から眺めるばかりで、中に入ってこようとはしていない。

その様子を見て、囚人達は言う。

「あいつら、また来てやがる」

「本当に卑しい奴らだな。囚人の飯にたかるか、普通？」

「仕方ない、なるべくマズそうな顔をして食うんだ」

ミラが看守のために料理を研究しているとは知らない囚人達は、もう渡すものかという様子で、急いで食べ始める。

「うっ……」

すると、料理を口に運んだ者は口を押さえ、小さい声を上げた。

「お、お前ら、看守達に見つかるなよ……」

料理を食べた囚人の一人は下を向いて呟いた。

「口を押さえないと思わず叫び出しそうだ。美味すぎる」

「俺も……」

「なんだこれ、本当にパンなのか？」

熱々のソースとチーズがかかったパングラタンをスプーンですくい、囚人は言う。

「あの硬いパンはどこにいったんだ？　舌でとろけるこのトロトロの物がパンなのか？」

グラタンに手をつけた囚人達は、不思議に思いながら食べ続ける。

「トマトの酸味とチーズの塩気、それとクリーミーなこの白いソースがたまらん」

「おい、顔が崩れてるぞ！　美味そうな顔をするな！」

「くっそ看守共め！　この美味い料理を思いっきり味わいたいのに」

囚人達は堪らずにドアに張りついている看守達を睨みつけた。

◆

私——ミラは看守達が来たとの知らせを聞いて、事前に用意しておいた大きめの箱の中に隠れた。

これなら、食材が入ってるようにしか見えないだろう。

「ビオスさーん、看守まだいる？」

箱の隙間からほんの少しだけ顔を出し、小声で聞いた。

「こらっ、まだいるから大人しくしてるんだ」

ビオスさんはそう言って、私の頭を押し戻す。

そして食堂の様子を見て、楽しそうに言う。

「看守達はなぜか近づいて来ないで、中の様子を窺ってるな。みんな我慢しながら食べてるぞ」

「我慢？　味が変だったのかな？　結構上手く出来たと思ったのに……」

「ち、違うぞ！　あの反応、あいつらは美味いのを我慢してるんだ！　あれ、なんか言い方が変だな」

「美味いのを我慢？」

私はどういう事かと思い、ビオスさんの顔を箱の覗き穴から盗み見する。

「あいつらはミラが看守のために料理を作っているのを知らないんだろうな。だから看守に取られないように、みんな美味いと言うのを我慢して食べているんだよ」

「つまりは美味しいって事？」

「そうだ」

「それならよかった」

ホッとして看守がいなくなるのを静かに待つ事にした。


そうして少し時間が経ち、看守がいなくなった事をビオスさんから伝えられる。

私は箱から出て言う。

「みんな喜んでくれてよかった〜」

「そりゃ俺達が一生懸命作ったからな！　文句なんて言ったら殴ってやる」

ビオスさんが拳を振り上げる仕草に私はクスクスと笑ってしまった。

「それに、誰も連れていかれなくて安心した」

そちらも心配だったので、胸を撫で下ろす。

「でもなんで看守達は食堂に入ってこなかったんだろうな、この前は我が物顔で来たのに」

看守の態度にビオスさんは首を捻った。

「それよりビオスさん。パンはこれで完成でしょ、次はスープを作りたい！」

「何かいい案があるのか？」

「うん！　私が一番好きなスープを作ろうと思って！」

「そうか、結構長く料理してるけど、休まなくて平気か？」

「ハーパーを助けるためだもん、休んでいられないよ」

ビオスさんに対して私はニコッと笑った。


その後、私はビオスさんと一緒に食料庫に向かった。

囚人のみんなは美味しかったと言ってくれて、すでに自分の部屋に戻っている。

だからここにいるのは私とビオスさんの二人だけだ。

ちなみに、ビオスさんは朝食の仕込みをする事があるから、遅い時間でも食堂にいる許可をもらっているらしい。

「えっと、この間隠れてる時に見つけたんだよね」

そう言いながら、ビオスさんと一緒に食料庫に入る。

すると、ある事に気がついた。

「ここ、凄く綺麗になってるね」

「ああ、ミラが怪我しそうになったと聞いて、囚人みんなで整理してくれたんだよ。まったく、出来るなら最初からやれってんだ」

　やれやれと呆れているビオスさん。

　それを見て小さく笑い、私は周囲を見回す。

「あっ、あれ！　ビオスさんあれ取ってくれる？」

　私は求めてた食材を見つけて指をさした。ビオスさんはその袋を取ってくれる。

　しかし、袋の中を確認して顔を顰めた。

「こりゃ安物の乾燥トウモロコシだ、流石に美味くないぞ」

　ビオスさんの様子に少し不安になった。

「多分大丈夫、だと思うんだけど」

　ちょっと自信無さげに答えるとビオスさんが慌てて謝ってくる。

「悪い！　やる前から否定しちまって、俺の悪い癖だな。さっきのパンも上手くいったんだし、これもやってみるか？」

　ビオスさんが笑って私の頭にポンと手を置いた。

「うん！　それじゃあ他の食材も集めよっか」

そうして、食材を集めた私達は厨房へと戻った。

「まずはトウモロコシを少し細かく砕いて、みじん切りした玉ねぎと一緒に炒める……んだけど」

「このトウモロコシは硬いからな。細かく砕くのは面倒そうだ」

「あっ、袋とかに入れて上から棒で叩くのはどうかな？」

私は麻袋の口を開けてビオスさんに見せた。

「なるほど、いいな！　ストレス解消にもなりそうだ！」

そう言って、ビオスさんはトウモロコシを袋に入れ、叩きだす。

「私もやりたーい！」

私もビオスさんの真似をする。

笑いながら食材を叩くところなんて、他の人が見たら驚くかもしれない。

トウモロコシが細かくなるとビオスさんが鍋を用意する。

そして玉ねぎをみじん切りにして炒め出したので、良いタイミングでトウモロコシを投入した。

「これで少し炒めて、牛乳を入れて味つけしたらコーンスープになると思うんだけど……」

ビオスさんは、私の言葉の通りに、調理を進めてくれた。

出来上がったものを二人で味見してみる。

私はビオスさんを見た。

「うーん、なんか味が決まらないや。しかも舌触りがザラザラしてるね」

「そうか？　十分美味いぞ。トウモロコシってのはこんなに甘いんだな」

ビオスさんは満足そうにしているが、私は再度スープを口に運ぶ。

「コンソメとかが足りないのかなぁ？　野菜や鶏の骨を煮込んでスープにするんだよね」

「それを入れるともっと美味くなるのか？」

ビオスさんが真剣な顔で迫ってきた。

少し焦りながら答える。

「う、うん。多分今よりは美味しくなると思う。それにコンソメスープならそれだけで飲んでも美味しいよ」

「じゃあまずはそれを作ろう！　野菜ならなるべく新鮮なのがいいから裏の畑に行ってくる。あと、鳥の骨も食料庫にあったはずだ」

「じゃあ一緒に行く？」

「いや、畑に洗濯用のカートを持っていくのは変だろ。一人で行ってくるから、ミラは隠れて待っていてくれ」

その言葉に頷き、私は箱に隠れる。

すると、ビオスさんは部屋を出ていってしまった。

私は箱の中でビオスさんが帰ってくるの待つ事になった。

七　変化

そのまま十分ほどが経つと、誰かが厨房に入ってくる音がした。

ビオスさんなら、声をかけてくれるはずだから、もしかして看守!?

そう思いながら、ゆっくりと覗き穴から外を見る。

すると、囚人服を着た誰かが、スープの入った鍋の蓋を開けて中を覗き込んでいた。

「それ、まだ途中なんですよ」

私は囚人だから大丈夫だろうと思い、外に出て声をかける。

すると、その人はびっくりした顔で振り返った。

その時初めて顔を見たが、その人の顔は見た事がなかった。

「こんにちは、えっとジョンさんのところのミラです」

ペコッと頭を下げて挨拶する。

「よろしく、僕は……オズワルドと申します。君がそうか、ミラちゃんか」

私を知ってる人だと分かり、ホッとした。

オズワルドさんはにっこりと笑って言う。

「驚かせてごめんよ。少しお腹が空いてしまってね、何かないかと思って、こっそり来てみたんだ」

「それなら、これ、試作段階のコーンスープなんです。ちょっと飲んでみますか？」

「いいのかい？　というか、これは君が作ったのかな」

「私はアイデアを出しただけで、実際に作っているのはビオスさんなんです」

「……なるほどね。考えているだけでも凄いじゃないか」

オズワルドさんは穏やかな口調でそう言った。

おっとりとしていて、なんだか囚人らしくない人だなぁ。

そう思いながら、スープをよそうため、椅子に上った。

すると、オズワルドさんはそっと椅子を手を抑えてくれた。

「ありがとうございます、はいどうぞ」

スープにスプーンをつけてオズワルドさんに手渡す。

そして、ゆっくりと椅子から降りた。

「ありがとう、じゃあいただきます」

オズワルドさんは一口飲んで、先程と同じく驚いた顔を見せる。

「ご、ごめんなさい。まだこれから味を足す予定なんです」

私はあんまり美味しくなかったのかと思い、謝った。

しかし、オズワルドさんは意外そうに言う。

「えっ、これからもっと美味しくなるって事かい？」

「はい、本当は生のトウモロコシとかお野菜がいっぱいあれば、もっと美味しくなるんですけど」

「なるほど、それは気になるなぁ」

オズワルドさんはじっとスープを見つめると、それを飲み干した。

「ごちそうさま」

オズワルドさんはお礼を言って空の器を返してくれた。

綺麗に無くなったスープを見て、私は嬉しくなる。

「すみません、こんなものしか無くて。食事の時間に来てくれれば、ちゃんとした料理が食べられると思うので」

「いいや、とても美味しかった。改良版も食べさせてほしいな」

「はい！　ぜひ！」

私がそう言うと、オズワルドさんは「約束だ」と言って小指を立てる。

そして、食堂を後にした。

それとほとんど同時くらいに、続く廊下から慌ただしい足音が聞こえてきた。

私は再び箱に隠れる。

「すまん！　遅くなった！」

すると、ビオスさんの慌てた声が聞こえた。

私は隠れていた箱から出ると、冗談っぽく頬を膨らませた。

「遅いよ～ー」

そう言って駆け寄ると、ビオスさんは微笑んだ。

「悪い悪い、たくさん取っていたら夢中になっちゃって。その代わりいっぱい採ってきたぞ！」

ビオスさんが腕いっぱいに抱えた野菜を見せてくれた。

「それで、その美味いスープはどう作るんだ？」

ビオスさんは採ってきた野菜を洗いながら聞いてくる。

「えっと、野菜を鍋に入れてドロドロに溶けるまで煮詰めればいいんだと思う」

ビオスさんは頷いて、寸胴（ずんどう）に水を入れる。

そしてその中に軽く切った野菜と、食料庫から持ってきた鶏ガラを入れた。

「あとは強火で煮込んでアクを取ればいいんだと思うんだけど……」

聞きかじった知識で作っているので少し不安だ。

でも、ビオスさんは明るい様子で言う。

「分かった、じゃあこれは俺が見ておくよ。あとは何を作るんだ？」

「パンにスープときたら、あとはメインかな。何がいいかな？」

「この前のコロッケでいいんじゃないか？」

「でもあれは油をたくさん使うからなぁ、今はハーパーもノアもいないし」

私は寂しさに声がどんどん小さくなる。

「そ、そうだな。じゃあ違うものにしよう！　四人連中は腹にたまるものが好きだぞ」

ビオスさんは気を使って、話を変えようとしてくれた。

私はその事に感謝しつつ言う。

「お腹にたまるか……となるとお肉だけど……」

「そうだなぁ、肉は滅多に入ってこないな」

「あっ、でも大豆があったから、それをお肉のかわりに出来るかも！」

「大豆で？」

ビオスさんが眉をひそめた。

私は前世では病人で、油をあまり取れない時期があった。

その時、お肉を食べたがる私に、病院の人が大豆を使った料理を作ってくれたのだ。

それが凄く美味しくて、どうやって作ったのか詳しく聞いて困らせたっけ。

私は小さく笑って言う。

「うん、大豆でも美味しく出来るよ！」

「よし、じゃあ大豆を持ってくるぞ！」

ビオスさんは食料庫に走ると、すぐに大豆が入った袋を担いで持ってきてくれた。

まずはその袋から大豆を出し、水につけてから言う。

「これで一日水を吸わせて、ふやかした大豆を蒸すの」

「一日⁉　じゃあ今日はここまでだな」

「そうだね、明日も来るね！」

そう言って、私達はあと片付けを始めた。

すると、ビオスさんがコーンスープの入った鍋の蓋を開けて口を開く。

「あれ？　このスープ、なんか減ってないか？」

「ビオスさんが野菜を取りに行っている時に来た囚人に少しあげたの。お腹空いてるって言うし、それしか食べるものがなかったから」

そう答えると、ビオスさんは首を傾げる。

「この時間帯に囚人が？　珍しいな」

「その人とは初めて喋ったと思うけど、向こうは私の事知ってたよ」

「なんともなかったか？」

ビオスさんがそう言うので笑顔を見せる。

「うん、優しそうな人だったよ」

そう聞いてビオスさんは安心したような顔をした。

でも、すぐに顔を引き締める。

「いいかミラ、どんな奴かも分からないのに顔を見せたら駄目だぞ。まぁ、ミラを一人にした俺が一番悪いんだが……」

「でもなんともなかったよ。それにちゃんと最初は隠れてて、チラッと見たら囚人の服が見えたから大丈夫かなって思って」

「まぁ囚人達のほとんどはミラの事を知ってるしな。でも次にそいつを見たら一応教えてくれ、注意しておくからな」

私は分かったと頷いて、その日は解散する事になった。


次の日の朝になり、ジョンさんにまた厨房に連れていってもらった。

すると、そこには大量の食材が積まれていた。

驚いてビオスさんに尋ねる。

「これどうしたの？」

「今朝早く看守達が持ってきたんだ。看守長に持っていけって言われたそうだぞ」

「看守長？」

「ああ、今まで適当な食材ばかりですまなかったって言って、頭下げてきた」

「そうなんだ。看守の人達も心変わりしたのかな」

私がそう言うと、ビオスさんが大きな声で言う。

「こんな事、普通じゃありえないんだ！　ここの看守が囚人の俺達に頭を下げるなんて！」

いつも優しいビオスさんの大声にびっくりして体をすぼめた。

すると、ビオスさんはハッとして謝ってくれる。

「す、すまん、つい興奮して」

「何やってんだビオスのおっさん！」

ジョンさんが責めるように言うが、周りの囚人達も困惑しているようだった。

「まぁ、看守の連中がこんな事をするなんて、ありえない事だけどさ」

「裏がなきゃいいけどな」

私は話を聞きつつ、山積みの食材を見た。

どれもみんな瑞々しく、元々あった物より明らかに鮮度が良かった。

「昨日も食堂に入ってこなかったらしいし、お詫びの品とかかもな」

ジョンさんの言葉を聞き、私は期待を込めて言う。

「看守がお詫びしたって事は、ハーパーも帰ってくるかな⁉」

「それは……正直分からんな。自分で言っておいて何だが、そもそもこれが本当にお詫びの品かどうかも定かじゃないだろ」

「そっか、じゃあやっぱりもっと美味しい料理を作らないとね！」

私は改めて気合いを入れ直した。

すると、食材を見ていた囚人のみんなが言う。

「おっ！　肉まであるぞ」

「肉⁉　それは流石におかしいだろ。もしかして看守の飯を俺達に作らせるつもりとかか？」

「あり得るな、結局の所、俺達をいいように使おうとしているのかもしれん」

しかし、その言葉を聞いたビオスさんは首を横に振る。

「それが、ここの食材は全て好きに使っていいそうだ」

「まじかよ⁉　肉なんて何ヶ月ぶりだ⁉」

「でも、全員で分けたら一人一口ぐらいになっちまいそうだな」

大きな肉の塊ではあるがここのみんなで食べるとなると少量になるだろう。

囚人のみんなはぬか喜びをしたと言わんばかりにガッカリしている。

それを見て、私は思い出したように言う。

「あっ！　なら昨日ふやかした大豆を使ってハンバーグを作ろう。それならお肉が少しでも満足出来ると思う！」

「大豆と肉を使うのか？」

ビオスさんの問いに頷く。

「うん！　大豆をすり潰して肉はミンチにして混ぜるの」

私が一生懸命説明するとビオスさんは頭の中でレシピを思い浮かべているようだった。

「なんとなく形は想像出来るが、味の想像がまったく出来ねぇ。早速作ってみようぜ！」

私とビオスさんは意気揚々と厨房へと急いだ。

◆

厨房に向かうミラを見て、ジョンは安堵したように呟く。

「ミラが元気そうで良かった。だが、囚人に食材を持ってくるなんてどんな看守長だ？　確か新しい奴に変わったとは聞くが、会った事がある奴はいるか？」

近くにいた囚人達に聞くが、誰もまだ会った事がないようだ。

「そうか。まぁこの感じだと話が分かる奴かもしれんが、それでも看守は看守だからな、油断しないようにしよう」

ジョンの言葉に、囚人達は「あぁ」と頷いていた。

◆

ジョンさん達を始めとする囚人達が仕事に向かったので、私――ミラはビオスさんとまた料理を作り始めた。

「まずは昨日水につけていた大豆を蒸します！」

私がそう言うと、ビオスさんは大きな鍋を出してくれた。

その中にお湯を入れて、大きめのお椀を上下逆さに置く。

鍋に置いたお椀の高台の上に、大豆を並べたお皿を置いた。

「これで火をつけたら大豆は蒸せるね。蒸し終わったら細かくすり潰してお肉と混ぜて味つけして、形を整えたらフライパンで焼くんだよ」

「でもこれ、やっぱり肉にはならないよな」

ビオスさんが苦笑しながら、大豆を一粒手に取り、潰した。

「お肉だけよりは物足りないかもしれないけど……やっぱりダメかな？」

「いや、ミラが言うなら大丈夫だろう。とりあえず作ってみよう」

ビオスさんの言葉に私は頷く。

私が食べた記憶では、大豆もお肉みたいで美味しかった。

でも、同じように出来るかは分からない。

そんな事を思っていると、大豆が蒸しあがった。

熱いうちにビオスさんがすりこぎで潰していく。

私はその間にお肉や他の食材を持ってきた。

すると、大豆を潰し終わったビオスさんは今度、肉を細かく包丁で叩き始める。

そして出来上がった食材を全部混ぜ、塩、胡椒で濃いめに味つけした。

「あとは、片栗粉と卵と牛乳を入れたいけど」

私がそう言うと、牛乳と卵はあるが片栗粉は分からないとビオスさんに言われた。

「じゃあ小麦粉でいっか！」

「おいおいミラ、そんな適当でいいのか？」

「同じ白い粉だし、平気でしょ！」

私の発言にビオスさんは苦笑いをしていた。

「あとはしょうがとニンニクも入れてみよう！」

「おいおい、本当に大丈夫か？」

ビオスさんは私が色々と加える姿に不安そうにする。

「大丈夫大丈夫、しょうがとかニンニクは何に入れても美味しいよ」

ニコッと笑って誤魔化すとビオスさんは「そうだな」と言って笑い、食材を混ぜていく。

力強いビオスさんの腕をじっと見ながら、食材が混ざるのを見つめる。

「何を見てるんだ、手順が間違ってるか？」

「ううん、ビオスさんの腕力凄いって思って。私もそんな風に強くなりたいな。みんなのお世話がいらないくらいに」

私は、力仕事や危ない事などはみんなに手伝ってもらってばかりだ。

その事が少し情けなくなり、自分の頼りない腕をそっとさすった。

するとビオスさんは手を止めてフッと笑う。

「ミラはそのままでいいんだよ、俺達は好きでお前の手伝いをしてるんだから。それにそんな事を言ったらジョンが寂しくて泣くかもしれんぞ」

「えっ」

ジョンさんが泣く？　そんな事で？

その姿が想像出来なくて眉を下げていたが、ビオスさんは笑うばかりだ。

そしてビオスさんはこねるのを再開する。

食材がいい感じに混ざったので、二人で形を整えていく。

「形はこの前のコロッケみたいで大丈夫。真ん中が膨れるから少しだけくぼみをつけて……」

そうして出来上がったタネを、温めたフライパンに数個並べていく。

火が危ないからとビオスさんに言われたので、少し離れた所から様子を見る。

「焼き色がついたらひっくり返して、蓋をして蒸せばいいかも」

「分かった」

ビオスさんは焼き加減の様子を見ながらひっくり返した。

いい感じに焦げ茶色の綺麗な焼き色がついている。

そのまま蓋をして蒸すと、あっという間に大豆ハンバーグが出来た。

ビオスさんがハンバーグをお皿に並べてくれる。

それを見て、大事なものを忘れていた事に気づいた。

「ソース忘れてた。大豆だからさっぱり系が合うよね。えっと、確かもらった食材にいいものがあったな」

そう思い、看守のくれた食材を見に向かうと、瑞々しい大根を見つけた。

「ビオスさん、これすりおろそう！」

大根を一本取って、ビオスさんの元に戻った。

すると、ビオスさんが大根を半分に切って皮を素早くむき、すりおろし始める。

これくらいなら私も手伝えると思い、ビオスさんに小さく大根を切ってもらった。

それをすりおろしていく。

そして、大根がなくなったところで汗を拭うと、隣には山のような大根おろしが出来ていた。

自分のちょこっとの大根おろしを見てやはり不甲斐なさを感じる。

そっとビオスさんのに混ぜてしまおうとしたら「ま、待て！」と言ってきた。

「どうしたの？　私のは少しだから、ビオスさんのに混ぜちゃおうよ」

「大丈夫だ、これは俺用……あっいや、あとで使うからな」

ビオスさんが何を言っているかよく聞き取れなかった。

でもビオスさんは私のすった大根おろしを大事そうに取り分けていた。

その後は、手元の調味料でソースを作り、大根おろしと一緒にハンバーグにかけた。

「よし！　あとはスープを完成させれば終わりだね！」

「ああ、例のスープは昨日からずっと煮込んでおいたぞ。アクを取っていたら水量は半分程になったが、綺麗な色になった」

ビオスさんに抱き上げられて鍋を覗き込むと、そこには黄金色のコンソメスープが出来ていた。

「わー！　これだけでも美味しそう！」

ヨダレが思わず鍋に入りそうになり、慌てて口を拭った。

「せっかくだし、スープはコンソメとコーンで二種類作ろうか？」

私がそう言うと、ビオスさんが頷いた。

その後、ビオスさんは思い出したように言う。

「そう言えば、看守の持ってきた食材の中に生のトウモロコシがあったぞ」

「ほんと!?　コンソメスープもあるしすっごい美味しいスープになるよ！」

「生と乾燥でそんなに違うのか？」

「それは飲んでみてからのお楽しみ！」

そう言いながら、私達は昨日と同じようにコーンスープを作った。

そうして、今まで作った料理を一つのトレーに並べる。

「豪華だな！」

「うん！」

達成感を覚えながら、ビオスさんと二人で笑い合う。

メニューは、大豆と肉の大根おろしソースハンバーグに、コーンスープとコンソメスープ、そしてふかふかのパン！

これならみんな喜んでくれるだろう。

でも改めて見てみると、ちょっと色味と野菜が足りない気がした。

そう思い、看守の持ってきた食材からキュウリと大根、人参を取る。

そしてそれをよく洗うと、ビオスさんに細い棒状に切ってもらう。

出来上がった野菜スティックを、コップに刺した。

それを見てビオスさんが言う。

「生で食うのか？」

「うん、あとはこの前作ったマヨネーズがまだ残っていたよね。それを添えよう！」

「ああ、残ってるから持ってくる」

そう言ってビオスさんが持って来てくれたマヨネーズと野菜スティックを、トレーの端に置いた。

すると、見栄えも良くなり、ついに完成したと胸を張れる出来になった。

私は料理を眺めながら言う。

「あとはこれを看守に渡せば、ハーパーが帰ってくるかな？」

「そうだな。お昼にでも看守達にも持って行こう！」

これでハーパーが戻ってこられるのかもしれないと思い、私は顔を輝かせた。

すると、ビオスさんが笑顔で言う。

「ミラはずっと頑張っていたし、疲れただろ？　ジョンやローガンには俺から報告しておくから、少し休みな」

確かに、完成して少しほっとしたら眠くなってきた。

私は「じゃあ少しだけ」と言って、隠れる用の箱の中で眠る事にした。

八　ちから

俺――ジョンは昼前に仕事を一度抜けて、食堂にミラを迎えに行った。

ハーパーが独房行きになってから元気がなくなったミラだったが、ビオスのおっさんとレシピを考えている時は楽しそうだった。

ローガンの言っていた策とやらはいまだ分かっていないが、ミラが元気になった事は感謝している。

食堂に入り、厨房まで行くと扉をノックして声をかける。

「ビオスのおっさん、ミラいるか？」

「よう、ジョン。お姫様はお疲れだからな、そこで寝てるぜ」

ビオスのおっさんは皿を洗いながら顎でクイクイと後ろを指し示す。

そこにはデカめの箱があったので、中を覗く。

すると、ミラが小さなタオルをかけられて気持ちよさそうに寝ていた。

「小さいのにいっぱい手伝ってくれたからな、疲れたんだろ」

ビオスのおっさんも手を止め、優しそうに笑ってミラを見つめる。

このおっさんはこんな顔が出来たのかと驚く。

料理の腕はいいが、口と態度が悪く、雇い主に噛みついてここに入ってきた奴だと聞いていた。

それがミラの前では孫に甘いおじいちゃんのような顔を見せている。

こういう奴にも好かれるのがミラの魅力なんだろうと思い、俺は小さく笑った。

「そうか」

サラッとミラの髪を撫でると、くすぐったそうに身じろいでいた。

すると、足速に歩いてくる足音がカツカツと聞こえてきた。

扉に目を向けるとローガンが入ってくる。

そして部屋を見回し、こちらに向かってきた。

「お疲れ様です。ミラは寝てしまったんですか？」

「あぁ、色々と頑張ってくれたからな。疲れてちょっと休んでるんだ」

ビオスの言葉を聞き、ローガンも俺と同じようにホッとしていた。

「それでこれがミラと作った飯だ。とりあえず言われた通り、一人分のセットを作っといたがどうするんだ？」

ビオスは料理を見せると、ローガンはそれを受け取った。

「これは私が看守長に持っていきます。ミラはジョンが部屋へと連れて行ってください」

「ああ、分かった」

ローガンはビオスから軽く料理の説明を受けると、それを持ってまた来た道を引き返した。

なんの説明もないままだが、今はローガンを信じよう。

俺はミラを抱き上げ、部屋へと戻った。

◆

私――ローガンはミラ達が作った料理を持って、看守達の部屋へと向かっていた。

「すみません、看守長に用があります」

私は看守室の前で雑談している看守達に声をかけた。

「はぁ？」

「なんだお前、囚人が看守長になんの用だ」

いちいち喧嘩を売ってくるような態度に呆れるが、表には出さない。

すると、彼らは私が持っていた料理に気がついた。

「なんだそれ」

他の看守達も集まって覗き込んでいる。

私よりも料理に意識が向いているようだった。

「囚人達が作った料理です。看守長に頼まれて、運んで来ました。ですのでここを通していただけると助かります」

私はミラには見せない威圧するような笑顔を浮かべた。

すると、看守は焦っているのを隠すようにへらへらと笑う。

「そ、それは俺が預かって渡しておこう。あとで持っていくから、そこに置いていけ」

看守の態度から察するに、無事に届ける気は無さそうだ。

どうせ預かってないとでも嘘をついて報告するつもりなのだろう。

「すみません、それは出来かねます」

私が断ると看守達の空気が変わる。

「はっ？　お前今なんて言った」

まさか私が拒否をするとは思わなかったのだろう、看守達はこれでもかと睨みつけてくる。

「看守長に私が頼まれたのです。いくらあなた達の頼みでも聞く事は出来かねます。どうしても看守長に食べていただかないといけないのですよ」

淡々と話す私に看守は一瞬たじろぐ。

しかし、周りに仲間かいる事に気がついたのか、また強気な顔をした。

「こいつ！」

看守達が警棒を握り、ガタガタと椅子を鳴らして立ち上がる。

「はぁ」

せっかくミラが作ってくれた料理が台無しになっては困る。

料理を一度置いてこいつらに対処しようかと考えていると、奥の部屋の扉が開いた。

「騒がしいね、なんの音だい？」

現れたのは、お目当ての看守長だ。

彼は私に目を向けたあと、周りの看守達を見回す。

「チッ！」

看守達は持っていた棒をそっと後ろに隠した。

「ああ、よかった。看守長、頼まれていた料理をお持ちしました。彼らが看守長を呼んでくれないので困っていたところです」

私は大きな声で大げさに言うと、看守達の表情が歪んだ。

「い、いや、今呼びに行こうかと……なぁ」

「は、はい」

看守達がしどろもどろに頷き合うと、看守長は彼らの手元を見ながら眉をひそめた。

私は小さく笑って言う。

「へぇ？　警棒を構えて呼びに行くつもりだったんですか？　皆さん、明らかに私に向かって来そうでしたが」

「お、おい！」

看守は黙れと言わんばかりにこちらを睨んでくる。

「そうなのかい？　それは気になるね。あとで詳しく話を聞かせてもらおうか？」

看守長は私の目の前にいた看守に笑いかけながら声をかけた。

「まぁそれはあとでにして、とりあえず約束のそれをもらおうか？　ローガン、こちらへ」

看守長が私を呼ぶと看守達が驚いて声をかける。

「看守長室に囚人を入れるのですか？」

「そうだが、何か問題でも？」

「いえ、前の看守長はそんな事しませんでしたので……」

「前任の人はそうかもしれないけど、彼がなぜここを辞めさせられたか知ってるかな？」

看守長は意見を言ってきた看守に聞いた。

「いえ、突然でしたので知りません。気がつけばあなたが看守長としてここに来ていました」

その言葉を聞いた看守長はやれやれといった様子で説明する。

「前の彼ね、不正してたんだよ。囚人達が稼いだ金をほとんど自分の金にしていたんだ。しかも囚人達の扱いも酷いものだと聞いた。その確認と、ここの環境を良くするために私が来たんだ」

看守長が人のよさそうな笑顔を見せる。

しかし、看守達は初めて聞く話だったのか、言葉を失っていた。

看守長は続ける。

「あと、この収容所は看守達も好き勝手やっているという報告もあってね。君達は大丈夫だよね？」

看守達は、「は、はい……」と俯きながら返事をする。

「説明出来てよかった。これから順次、個別に面談を行うからそのつもりでいてね」

看守長はそう言うと私を手招きする。

「じゃあ私はこの人と話があるから、しばらく部屋に他の人を入れないで」

看守長は私を部屋に入れるとバタンッと扉を閉めた。

すると、部屋の中からでも看守達の声が聞こえてくる。

「や、やばくないか？」

「なんだよあの看守長、今まで好き勝手やってたのに……これからどうなるんだ」

「ま、まぁ、今まで通りやって問題ないだろ。最悪金をやりゃ、こっちの味方になるはずだ」

「前の看守長だってそうだったんだ、大丈夫なはず……」

看守達は不安を吹き飛ばすように笑いあっていた。

その会話を中でしっかりと聞いていた私達は顔を見合わせる。

「面白いくらい腐っているね」

そう言って、看守長はおかしそうに笑った。

その後、私は手に持っていたミラの料理を近くの机に置いた。

そして、気持ちを切り替えて懐に隠していた書類を差し出す。

「それと、これは頼まれていた看守達のリストです。まともな看守はこちらに、腐っている奴らはこちらに書いてあります」

看守長は困った顔でそれを受け取る。

「ありがとう、助かるよ。これで彼らを早めに処分出来そうだ」

看守は書類をペラペラと無表情でめくっている。

軽く確認するとパタンとしまって料理に目を向けた。

「さて、それよりも……そのいい香りに腹が鳴って仕方ないんだが」

「すみません、馬鹿な看守のせいで少し冷めてしまいましたかね」

「気にしないさ。それより、香りが良いだけでなく、見た目も綺麗だ。パンにメイン料理と、それにこのスープは……ふふっ」

「知っている料理でしたか？」

看守長の様子が気になって尋ねると、看守長は意味ありげに答える。

「以前食する機会があってね」

それ以上答える気はなさそうだったので、私は口を閉ざす。

すると、看守長は椅子に座り、改めて料理と向き合った。

「それはお肉かい？　何が載っているのかな」

メイン料理の方を見て尋ねてきた看守長に、私はビオスから聞いていた通り説明する。

「大根をおろしたものだそうです。そこのソースをかけて食べてください。あとは野菜はこのマヨネーズと言うものにつけて食べるようにと言っていました」

「フムフム、これかな？」

看守長は野菜スティックを掴むとマヨネーズを軽くつける。

そして野菜をポリポリと噛むと、「なるほど」と頷き、もう一口食べた。

次はスープを手に取ると、黄色いコーンスープを冷ましながら飲み始める。

「おや……」

そして驚いた顔をした。

「どうかなさいましたか？」

「いや、前に飲んだ時よりはるかに美味しくなっていてびっくりしたんだ。食材を渡したのは正解だったみたいだね」

看守長は笑うとパンを手に取り驚いた顔をする。

「それにこのパン……君は食べたかい？」

「いえ、そのパンはまだですね。違うものなら昨日いただきましたが」

「そうか、それも食べてみたかったなぁ、ここの料理係は優秀みたいだね」

「ええ、そうですね」

私はミラを褒められて誇らしく思った。

そして、これなら問題ないと思い、口を開く。

「それでは、以前にお話しした、ハーパーという囚人が間違いで地下牢に入れられている事も納得いただけましたね」

「あぁ、ここの看守が料理を作らせようとして、一人の囚人を捕まえたという話だったね。確かに、捕まっている囚人と料理人は別人のようだ」

「では……」

「そのハーパーという囚人は解放しよう。まぁ元々、その囚人は難癖をつけられて捕まっただけなのだから、料理の出来に関係なく解放するつもりだったのだが」

看守長の言葉を聞き、私はニヤリと笑う。

「それでは私の気が済みません。約束通り美味しい料理を提供したのですから、明日はよろしくお願いしますね」

「では明日、この料理を看守達にもふるまってくれるかい？」

「分かりました。明日が楽しみです」

私がそう言うと、看守長はスープを飲み干してから口を開く。

「ああ、そうだ。食材は足りているかな？」

「はい。まだまだあったはずです」

「それなら良かった。では看守達には明日、食堂に行くように伝えておくよ。囚人達が食べる一時間前に食堂に行った人のみ食べられるようにしておくように」

「分かりました」

私は頭を下げて看守長室を出て行こうとする。

しかし、扉に手をかけたところで呼び止められた。

「あっ、あと一つ、この料理を考えた方に、大変美味しかったと伝えておいて欲しい」

「は、はい」

私はその言葉に違和感を覚えながらも頷いた。

看守長室を出ると他の看守に睨みつけられるが、そんなものは無視して彼らの横を通り過ぎた。

食堂に戻ると、ビオスが駆け寄ってくる。

「どうだった？」

余程自分達の作った料理に自信があったのだろう。

珍しくソワソワとしている。

「大変美味しいと喜んでいました」

「そうか！　そりゃよかった……って、にしては浮かない顔だな」

ビオスに尋ねられ、私は少し考えた後で言う。

「先程の料理は看守長に出したのですが、その時、料理を考えた方に美味しかったと伝えて欲しいと言われました」

「それは俺にって事か？」

「作った方、ではなく、考えた方、と言っていました。もしかしたら、ミラの存在に勘づいているのかも……何か覚えはありますか？」

ビオスは少し考えた後にハッとした顔をする。

「昨日、俺が少し外した間に囚人が一人来たらしい。ミラは囚人だからと姿を見せたそうだが、あの時間、食堂に囚人が来るなんて変だとは思ったんだ」

「まさか……看守長が囚人の格好をしてまでここに忍び込んだ？」

「いや、でも、それに何の意味があるんだよ？」

「確かにそうですが……いえ、とりあえず私はミラのもとへ行きます」

私はもやもやを残しながらミラのもとに向かった。

◆

私——ミラは気がつくとジョンさんの牢屋にいた。

食堂で疲れて寝てしまった後にジョンさんが連れて帰ってくれたようだった。

隠し部屋で待ってるとジョンさんからトントンと合図が鳴る。

顔を出すと、ローガンさんが牢屋の前に来ていた。

「ローガンさん！」

起きてローガンさんに駆け寄ると思いっきり抱きついた。

ローガンさんは笑顔で私を受けとめると軽々と抱き上げた。

「先程はよく寝ていましたね、もう大丈夫ですか？」

「はい、元気もりもりです！　それよりローガンさん、料理はどうでした？　あれでハーパーは帰ってきますか？」

ローガンさんは少しだけ困ったような顔をした後、いつもの笑顔になった。

「ええ、料理を食べた看守長は、大変美味しかったと言って喜んでいました」

「本当⁉」

「そりゃ本当か！　よかったな！」

ジョンさんも喜ぶが、ローガンさんの眉が困ったように下がった。

それを見て、ジョンさんが首を傾げる。

「なんだ、あんまり嬉しそうじゃねぇな」

「……まぁそれはまた今度話します。今はハーパーの事に集中しましょう」

ローガンさんはそう言って、少し考えた後で口を開く。

「ただ、私が持って行ったのは一人前でしたので、看守全員を納得させられた訳じゃない。そこでミラ、明日あの料理を看守達……あと囚人達の分、作る事が出来ますか？」

「それだけでいいの？」

「ええ、先に看守達が食べに来て、その後に囚人達が来ます。おかわりを要求されるかもしれないので多めに用意すると良いかもしれません。それで看守全員が納得したら、ハーパーを解放してくれるそうです」

「よーし！」

私は腕まくりをした。

でもその後にある事に気がつく。

「あっ、でもビオスさんが大変かも……私は切ったり焼いたりするのは危ないからあんまりさせてもらえなくて」

「それも大丈夫です。何人か料理を手伝えそうな囚人を見繕っておきました。話も通してあるので好きに使ってください」

流石ローガンさん、出来る人は違う。

そして話し合い、明日は早朝から料理を作る事が決まった。

この日の夜、私は興奮して夜にあまり寝る事が出来なかった。

次の日ジョンさんに連れられ、食堂に行くとビオスさんが囚人達を何人か使って準備を始めていた。

「おはようございます！」

私はみんなに挨拶して厨房に入る。そして、ビオスさんに指示を仰いだ。

「下準備はほとんど終わっているから、ミラは野菜を洗ってくれ」

私は頷き、大量の野菜を次々に洗い始める。

他のみんなはパンを焼いたり、スープを煮込んだり、ハンバーグを焼いたりしていた。

人手が増えた事と、ビオスさんが前日から用意していてくれたおかげで、どんどんと料理が出来上がっていく。

「あとはこれをトレーに並べていけばいいんだよね」

私がそう言うと、入口からザワザワという音が聞こえてきた。

「ミラ！」

ビオスさんに声をかけられて私はいつもの箱に身を隠した。

◆

看守達が文句を言いながらゾロゾロと食堂に集まってきた。

「はぁめんどくせぇな」

「なんで俺達がこんなところで飯食わなきゃいけないんだよ」

その様子を見ながら、ビオスは不機嫌そうに助っ人囚人に指示を出す。

「おい、飯並べろ」

すると、料理が並べられていくカウンターに看守達が集まってきた。

「ここから取るのか？」

「はい。これをどうぞ」

囚人が料理の載ったトレーを差し出すと看守が受け取る。

本来なら自分で取ってもらうのだが、看守がそのような事をするとは思えないため、囚人が手渡ししているのだ。

料理を見て、看守達は言う。

「へぇー、まぁ食えそうだな」

「本当だ、結構いい匂いしてるな」

「これなんだ？」

「これ、パンか!?　めちゃくちゃフワフワだぞ！」

その言葉をきっかけに多くの看守が我先にと料理を受け取りにやってきた。

先に料理を取った看守達は席に座ると、さっそく料理を味わい始める。

「なんだこれ!?　こんなもん囚人は食ってんのか」

「俺のいつもの昼飯より豪華だ」

「普通に美味すぎるだろ！」

看守達は口々に料理を褒め続ける。

ビオスは当たり前だと思いながら、どんどん料理を用意していく。

「お前ら、このあとは囚人達の分も作らなきゃならん、休んでいる暇はないぞ」

「は、はい」

ひっきりなしに来る看守に料理を提供すると、次第にやってくる看守の勢いが落ち着いてきた。

「いや、美味かったよ。ありがとな」

「今まで馬鹿にして悪かったな」

食事を終えた看守達はビオスにお礼を言って食堂を後にしていく。

「どうも……」

ビオスは看守に労いの言葉をかけられて戸惑いながらも頭を下げた。

「看守にあんな言葉をかけられると思わなかったッスね」

助っ人の囚人達も驚いている。

すると、食堂に看守長が現れた。その隣にはローガンの姿もある。

「みんな、楽しんでいるかい？」

看守長は看守達が食べている様子を確認しながら歩いて回る。

「いや、囚人達の飯も良いもんですね」

「俺毎日ここで食おうかな！」

その言葉を聞いて、看守長は声をかける。

「これはあなた達が望んでいた料理かな？」

「？」

看守長の言葉に、看守達は首を傾げた。

「どういう事でしょう？」

看守達の間に、不穏な空気が流れる。

「数日前、料理を巡って囚人を一人、独房に入れた看守がいると聞いているんだ」

そう言われて複数の看守が顔を強ばらせた。

「確かそれは……お前らだよな」

その看守達に注目が集まると、看守長は彼らの元にゆっくりと歩き出す。

「独房に入れられた者の罪はなんだい？」

「そ、それは……看守に楯突いたからです」

「そうです！　あいつ、我々の言う事を聞かなかったので」

そう言うと看守長は胸元から書類を取り出した。

その紙に何が書いてあるのか分からず、看守達は冷や汗を流す。

「この資料によると、料理の件で揉めたとあるが？」

「そ、その……」

看守達がしどろもどろになっていると、近くにいた別の看守が呟いた。

「あいつ、囚人に飯を作らせるために捕まえたとか言ってなかったか？　でもそいつは捕まってるのに美味い飯が振る舞われてる。どういう事だ？」

「人違いで捕まえたんだろ。流石にやりすぎだよな」

コソコソと看守達が話している。

すると、看守長がハッキリした声で言った。

「囚人とて人間だ。ここは罪を犯した者を好きに扱っていい場所ではない。これからは自分達も看守としての誇りを持って欲しいね」

「申し訳ございません……」

ハーパーを捕まえた看守達が頭を下げる。

すると、看守長はニッコリと笑って言う。

「あなた達は、ある程度の処分は覚悟しておくように。あと、捕まえた囚人を今すぐ解放するんだ」

「は、はい……すぐに出してきます」

看守達は静かに立ち上がると、気まずそうに食堂から出ていった。

「みんなも同じだよ、これからは不正は絶対に許さないからね」

看守長の言葉に身に覚えのある看守達はゴクリと喉を鳴らしていた。

居心地の悪くなった看守達はそそくさと食堂を後にする。

その光景を少し離れていたところで見ていたローガンは思う。

(これで、他の看守達の横暴も減るでしょう。大勢の前でわざわざ注意させたかいがありました)

そんな事を考えて、ローガンはニヤリと笑うのだった。

◆

看守達が食堂にやってきてから私――ミラは箱の中に隠れていた。

最初はなんだか揉めている様子だったけど、どんな話をしているのかまでは聞き取れなかった。

今は比較的静かだけど、何かあったんだろうか。

そんな事を思っていると、ジョンさんの声が聞こえてくる。

「ビオスのおっさん、そっちは大丈夫か?」

私は箱を開けたくなりゴソッと動くが、ビオスさんに押さえられた。

まだ看守がいるという事なのだろう。

私が動きを止めると、ビオスさんが言う。

「問題ない、それにさっき看守長がハーパーを解放するように言っていた。もうすぐ帰ってくるだろう」

その言葉は私に言っているように聞こえた。

「そうか、よかったな」

ジョンさんのホッとした声を聞き、私も肩の力が抜ける。

やった……ハーパーが戻ってくるんだ!

そう思いワクワクしていると、看守の声が聞こえてきた。

「ほら! 早く歩け」

「ハーパー!」

「なんか痩せたか？」

囚人達の声が私の耳にも入ってくる。

私はどうしてもハーパーの姿が見たくなり、箱を小さく揺らす。

すると私の意図を察したのか、ビオスさんが、私の入った箱を調理台の上まで上げてくれた。

これなら、覗き穴からハーパーの姿が見えるのかも。

そう思い、穴を見る。

そこには看守と囚人に囲まれ気まずそうにしてるハーパーの姿があった！

ハーパー！　良かった！　無事だった！

そう思った瞬間、つい体が起き上がってしまい、音を立ててしまった。

すると、看守の声がする。

「なんだ今の音は？　厨房から聞こえたぞ」

「あ！　なんかネズミとかかも！」

「そ、そうです。俺が退治しときます！」

囚人が厨房に走ろうとするが、看守が「待て！」と言ってそれを止めた。

「お前らの態度、何か隠しているのか？　誰も動くなよ！」

看守は睨みをきかせながら、厨房に入ってきた。

このままじゃ見つかるかもと思った時、「ピィー！」という声が聞こえた。

それと同時に、ノアが脚でトレーを掴み飛び出してきたのが見える。

ノアは私の方をちらっと見ると看守の前でトレーを落とした。

ガシャンという音が響き、ノアに注目が集まる。

「なんでこんなところに鳥がいるんだ！」

看守は警棒を振り回してノアを叩き落とそうとしている。

「！」

ノアが私を守るために出てきた事に気づき、声を上げそうになる。

すると、箱の上から押さえられる感覚がした。

「駄目だ……今は静かにしてるんだ。この隙に、ミラは食料庫に隠すからな」

ジョンさんの小声が聞こえて、箱を持ち上げられる感覚がした。

そしてしばらくすると床に置かれ、「ここでじっとしてろ」と小さい声で言われた。

私は箱の中で大人しくしていた。

しばらくじっとしてるとトントンと箱を叩かれる。

でも怖くて何も答えないでいるとジョンさんの声が聞こえた。

「ミラ、大丈夫か？」

「ジョンさん！」

私は箱から飛び出した。ジョンさんに抱きつく。

「ノアは？　ハーパーは⁉」

ジョンさんの顔が曇る。

その顔を見て、私は思わず叫ぶ。

「ノアのところに連れてって！」

「ノアはここだよ」

すると後ろからハーパーが悲しそうな顔で近づいてきた。

ハーパーは両手で何かを包んでいる。

私は恐る恐るその手の中を覗き込んだ。

「ノア！」

そこには羽から血を流し、ぐったりしているノアがいた。

「メイソンさん！　治せるかな⁉」

近くにいたメイソンさんに声をかけるが、すまなそうに視線を逸らされる。

「すまない、私は人間が専門なんだ。ノアのような動物の事は分からない」

「そんな……ごめんハーパー、私のせいでノアが……」

「違うよ、ミラのせいじゃない。ノアが自分で行動したんだ。ノアもミラは悪くないって言ってるよ」

ハーパーからノアを受け取るとその小さな体を抱きしめる。

ノアは「ピィ、ピィ」と弱々しく鳴いていた。

「やだ……」

その様子を見て、ボロボロと涙が溢れてくる。

涙でノアが見えなくなるほどだった。

するとノアが微かに光っているように見えてきた。

「お、おい！　これ見ろ！」

するとジョンさんが声を上げる。

「ノアの傷が……」

ハーパーの声を聞き、私は涙を拭ってノアを見る。

すると私の涙が触れた場所が淡く光り、傷が小さくなっていっていた。

「な、何これ……」

私はよく分からないまま、思わず呟く。

すると、ハーパーが慌てたように言う。

「ミラ！　ノアにもっと涙をかけてみて！」

「えっ、ちょ、ちょっと待って、泣く、泣くから！」

しかし泣こうとすればするほど涙が出ない。

ビックリして涙が引っ込んでしまったのだ。

せっかくノアが助かるかもしれないのに！　そう思い、私は自分の腕を思いっきりつねった！

「何をしてる！」

ジョンさんが止めるのを無視して私は腕がちぎれると思うほどつねる。

痛さで涙がこぼれた。

「出た！」

その涙をノアにつけるが、先程のように光る事はない。

「え？」

涙で助かるんじゃないの？

私はペタッと地面に座り込んだ。

「……なんなの、なんの役にも立たない。私のせいなのに」

力なく座り込んでいると周りが騒がしい。

ジョンさん達が私の腕をさすっていた。

こんな役立たずの心配なんてしなくていいのに……

「ノア、ごめん……」

悔しくて、力のない自分が不甲斐なくて、力が欲しくて、涙がこぼれた。

また涙がノアを濡らす。すると今度は濡れた場所が光った！

「み、見て！」

私はハッと我に返り、みんなにノアを見せた。

ノアを包む光が少し収まると、その目が開いた！

「「ノア！」」

私とハーパーがノアに話しかける。

「ピ、ピィ……」

まだ体が辛そうだが先程よりは元気そうに見えた。

「ノア、ごめんね！」

私が謝るとノアは気にするなと言うように手にすりすりと頭をすり寄せた。

「よ、よかった……」

ハーパーはノアの様子を見て、ドサッと座り込んだ。

そして、私の頭を撫でてくる。

「ミラ、ノアを助けてくれてありがとうな」

その言葉を聞いて、また涙が溢れた。

「よかったー！　よかったよー！」

「あー！　もったいない、ミラ！　その涙をノアにかけろ！」

ハーパーに言われ、私はまた慌ててノアに涙をかける。

するとノアは先程よりもっと元気になった。

「ピィー」

「良かった……あ、も、もっとかけなきゃ！」

私は涙を手で拭ってノアにかける。

でも、これ以上ノアの体が光る事はなかった。

「なんで？」

「まだまだミラのその力は分からない事がありそうだ」

その後、ジョンさんがそう言って、そっと私の涙に触れた。

メイソンさんが嬉しそうに声をかけてくる。

「でも良かった、ノアが回復して、ハーパーも戻ってきた。これで一件落着だ」

その言葉を聞き、私は改めて周囲を見渡す。

そこには、私を育ててくれたみんなの姿があった。

それが嬉しくなり、私は思わず笑顔になる。

すると、メイソンさんが言う。

「では、この後は治療だな」

「あっそうだよね。ノアを早く！」

私はノアを見るが、みんなの視線は私に向いていた。

「え？」

私が怪訝な顔をすると、みんなに腕を指される。

見ると自分がつねった場所が赤黒く腫れていた。

「ぎゃあ！」

見た瞬間に痛みも蘇ってきた。

「いたーい！」

床に落ちた自分の涙を塗ってみるが良くなる気配はない。

「なんでぇー」

私がそう叫ぶと、ジョンさん、ローガンさん、メイソンさん、ハーパーは口々に言う。

「無理するからだ！」

「帰ったらお説教ですよ」

「これは治すのに時間がかかりそうだ」

「あーあ、僕知らない」

みんな呆れたような様子だった。

「う〜ごめんなさーい！」

私が頭を抱えて謝ると、みんなの文句がピタッと止まる。

「くっ！」

顔を上げるとみんな笑うのを我慢するような顔をしていた。

そして私と目が合うと、みんながいっせいに笑い出す。

「まったく、ミラは見てて飽きないな」

「本当に、こんなに笑ったのはここに入って初めてな気がします」

ジョンさんとローガンさんにそんな事を言われた。

「えー？　なんで？」

みんなが笑っている理由がよく分からなかったが、楽しそうならいいやと思い、一緒に笑った。

久しぶりにみんなの笑顔を見て、私の心は温かく満たされていた。

エピローグ

メアリー様の子供が生きている。

私――イーサンがそう確信してから一週間ほど経った。

あれから落ち着かない日々を送っている。

そんな時ケイジから連絡が入った。

私はすぐに彼の元へと飛んでいった。

報告によると、彼のおかげで収容所の環境も改善されていっているらしい。

思わず安堵した。

さらに、私が寄付した食材も無事囚人達の元に行き届いたという。

そして肝心のメアリー様の子の情報だが、やはりあの収容所には子供がいるようだ。

ケイジが囚人の姿に扮(ふん)して探ったところ、その子と話が出来たらしい。

しかし、看守長の姿をしている時は、一度も姿を見る事が出来なかった。

やはり、囚人達に厳重に守られているのだろう。

なぜあそこの囚人達が子供を守るかは分からないが、私もメアリー様の子供を救うため、出来る事をしようと誓ったのだった。

いずれ最強の錬金術師？
SOMEDAY WILL I BE THE GREATEST ALCHEMIST?
1~16
小狐丸
KOGITSUNEMARU
シリーズ累計（電子含む）120万部！
TVアニメ
2025年1月より
TOKYO MX・BS11にて放送開始！
dアニメストアほかにて配信予定！
コミックス
1～7巻
好評発売中！
1～16巻
好評発売中！
勇者召喚に巻き込まれ、異世界に転生した僕、タクミ。不憫な僕を哀れんで、女神様が特別なスキルをくれることになったので、地味な生産系スキルをお願いした。そして与えられたのは、錬金術という珍しいスキル。まだよくわからないけど、このスキル、すごい可能性を秘めていそう……!? 最強錬金術師を目指す僕の旅が、いま始まる！
いずれ最強の錬金術師？
小狐丸
聖剣から空飛ぶ船まで、何でも造れる
最強スキル
錬金術!!
圧倒的第1位
◉16巻 定価:1430円(10%税込)
1~15巻 各定価:1320円(10%税込)
◉Illustration:人米
いずれ最強の錬金術師？
1
原作 小狐丸
漫画 ささかまたろう
最強の生産スキル
錬金術発動
10万部突破!
◉7巻 定価:770円(10%税込)
1~6巻 各定価:748円(10%税込)
◉漫画:ささかまたろう B6判

この作品に対する皆様のご意見・ご感想をお待ちしております。

おハガキ・お手紙は以下の宛先にお送りください。

【宛先】

〒150-6019 東京都渋谷区恵比寿4-20-3 恵比寿ｶﾞｰﾃﾞﾝﾌﾟﾚｲｽﾀﾜｰ 19F
（株）アルファポリス書籍感想係

メールフォームでのご意見・ご感想は右のＱＲコードから、
あるいは以下のワードで検索をかけてください。

ご感想はこちらから

本書はWebサイト「アルファポリス」（https://www.alphapolis.co.jp/）に投稿されたものを、改題・改稿、加筆のうえ、書籍化したものです。

収容所生まれの転生幼女は、囚人達と楽しく暮らしたい

三園七詩（みその ななし）

2024年 11月30日初版発行

編集ー彦坂啓介・今井太一・宮田可南子
編集長ー太田鉄平
発行者ー梶本雄介
発行所ー株式会社アルファポリス
〒150-6019 東京都渋谷区恵比寿4-20-3 恵比寿ｶﾞｰﾃﾞﾝﾌﾟﾚｲｽﾀﾜｰ19F
TEL 03-6277-1601（営業） 03-6277-1602（編集）
URL https://www.alphapolis.co.jp/
発売元ー株式会社星雲社（共同出版社・流通責任出版社）
〒112-0005 東京都文京区水道1-3-30
TEL 03-3868-3275
装丁・本文イラストー喜ノ崎ユオ
装丁デザインーAFTERGLOW
印刷ー中央精版印刷株式会社

価格はカバーに表示されてあります。

落丁乱丁の場合はアルファポリスまでご連絡ください。

送料は小社負担でお取り替えします。


ISBN978-4-434-34859-4 C0093